KB093087

홀리스 우즈의 그림들

(주)푸른책들은 도서 판매 수익금의 일부를 초록우산 어린이재단에 기부하여 어린이들을 위한 사랑 나눔에 동참합니다.

청소년문학 보물창고 33

홀리스 우즈의 그림들

펴낸날 초판 1쇄 2014년 10월 30일 | 초판 3쇄 2018년 6월 25일
지은이 패트리샤 레일리 기프 | **옮긴이** 원지인 | **펴낸이** 신형건
펴낸곳 (주)푸른책들 | **등록** 제321-2008-00155호
주소 서울특별시 서초구 양재천로7길 16 푸르니빌딩 (우)06754
전화 02-581-0334~5 | **팩스** 02-582-0648
이메일 prooni@prooni.com | **홈페이지** www.prooni.com
카페 cafe.naver.com/prbm | **블로그** blog.naver.com/proonibook
ISBN 978-89-6170-397-0 04840
*잘못된 책은 구입한 곳에서 바꾸어 드립니다.

이 도서의 국립중앙도서관 출판시도서목록(CIP)은 서지정보유통지원시스템 홈페이지(http://seoji.nl.go.kr)와 국가자료공동목록시스템(http://www.nl.go.kr/kolisnet)에서 이용하실 수 있습니다.
(CIP제어번호: CIP2014022267)

보물창고는 (주)푸른책들의 유아, 어린이, 청소년 도서 전문 임프린트입니다.

홀리스 우즈의 그림들

패트리샤 레일리 기프 지음 | 원지인 옮김

보물창고

차례

첫 번째 그림

X

그림의 귀퉁이 한쪽에는 땅콩버터가 다른 쪽에는 포도 잼 얼룩이 묻어 있었다. 그리고 그림에는 커다란 X표가 그어져 있었다. 이 그림은 여섯 살 때 에반스 선생님이 내준 "W로 시작하는 단어들을 찾아오도록 해."라는 숙제 때문에 잡지에서 잘라 낸 것이었다. 그런데 에반스 선생님은 내 그림 위로 X표를 그으며 말했다.

"홀리스, 이건 가족 그림이잖니. M으로 시작하는 엄마, F로 시작하는 아빠, B로 시작하는 오빠, S로 시작하는 여동생. 그렇게 한 가족이 H로 시작하는 집 앞에 서 있는 그림이잖아. 이 그림에 W로 시작되는 단어가 어디 있다는 거니?"

나는 "소망하다의 wish나 원하다 want의 W, 아님 음악 선생님이 가르쳐 준 '사랑스럽지 않나요(Wouldn't it be loverly)'

같은 노래의 W는 어쩌고요?"라고 선생님에게 말하려고 했다. 벌써 다른 아이의 자리로 가 버린 에반스 선생님은 나를 돌아보며 조용히 하라는 신호를 보냈다. 그때 내 옆자리에 앉아 있던 손톱에 때가 까맣게 낀 여자애가 말했다.

"이히, 홀리스 우즈, 넌 아는 게 없구나."

나는 크레용 하나를 집은 다음, 새하얀 세탁기가 그려져 있는 그 애의 그림에 꾹꾹 눌러서 X표를 긋고 말했다.

"세탁기로 네 손을 깨끗이 씻을 수 있다면 좋을 텐데."

내가 그린 다른 그림들과 함께 배낭 속에 꼭꼭 간직해 둔 이 그림을 볼 때면 나는 엉망이 된 그림을 앞에 두고 울음을 터뜨렸던 불쌍한 그 여자애를 떠올렸다. 그리고 잠시 수업을 멈추고 찡그린 얼굴로 내게 "넌 오늘 우리와 함께 있을 자격이 없어." 라고 말하며 오후 내내 복도에 앉아 있으라고 했던 에반스 선생님도 생각났다.

나는 한참 동안 뾰족한 산 그림을 바라보며 앉아 있었다. 언젠가는 이런 산에 올라가 살고 싶다. 작은 집을 짓고, 말 한 마리를 기르며, 개 한 마리와 고양이 한 마리도 키우면 좋겠다.

복도를 걸어오는 교장 선생님을 본 순간, 나는 몸을 일으켜 문밖으로 나갔다. 그 일로 레몬 아줌마는 주말 내내 나를 밖에 세워 두었다. 나와 함께 살던 아줌마를 나는 레몬 아줌마라고 불렀는데, 움푹 들어간 입 모양 때문이었다.

"네 자신이 아주 거칠다고 생각하지? 내가 거친 게 뭔지 확실히 보여 주지."

레몬 아줌마는 내가 연필과 종이만 있으면 얼마든지 버틸 수 있다는 것을 기억하지 못했다. 나는 입술을 잔뜩 오므린 아줌마의 모습을 그린 다음 나무에 매달았다. 그리고 길에서 자갈을 주워 그림에 맞추는 연습을 했다.

그러나 내 W 그림을 생각할 때 가장 많이 떠오르는 것은 브랜치스에 있는 리건 가족의 집이었다. 아저씨, 이지 아줌마, 그리고 그 집 아들인 스티븐이 떠올랐다. 그 가족이 내 그림과 다른 점이라면 여자애(girl)를 뜻하는 G가 빠져 있다는 것이었다.

그 집에서 도망치던 날 아침이 생각났다. 시내로 이어진 흙길에 따가운 홀리 수풀과 길 위로 늘어진 나뭇가지들. 나는 멈춰 서서 산을 올려다보았다. 나무들에 반쯤 가려진 집이 눈에 들어왔다. 현관에 딸린 회색 베란다와 배가 불룩한 덧문, 기울어진 굴뚝과 한때 내 방이었던 2층 방 창문 두 개, 그리고 그 앞으로 펼쳐진 강도 보였다.

나의 델라웨어 강.

그날 나는 그 가운데 어느 것도 다시는 볼 수 없을 것이라고 생각했다. 다시는. 그리고 마음속으로 그 모든 것들 위로 X표를 그었다. 나 자신에게도.

눈앞에서 집이 사라져 갔다. 나는 차창 밖으로 그 모습을 볼 수 있었다. 그러나 크게 신경 쓰지는 않았다. 얼마 후 집들이 한꺼번에 지나갔다. 네 집, 아니 다섯 집이다.

문이 꽉 닫히지 않는 초록색 집이 있었다. 바람이 덜컹덜컹 유리창을 때리며 집 안으로, 계단 위로 들이닥쳤다. 하얀색 집은 식탁 위에 빵 부스러기들이 흩어져 있었고 아이들이 빵 봉지 하나를 두고 싸웠다. 노란색 집에서는 새까만 머리를 길게 땋아 내린 여자가 카펫이 깔리지 않은 계단을 쿵쿵 소리를 내며 오르락내리락했다.

아, 그리고 브랜치스에 스티븐의 집이 있었다. 그러나 그 집은 뭔가 느낌이 달랐다. 그 집은 결코 잊을 수 없었다.

'그 생각은 하지 마.'

스티븐이 내 머릿속에서 말했다.

스티븐이 바로 내 옆에 있다고 생각하는 것은 자주 있는 일이었다. 스티븐이 멀리 뉴욕 주 북부의 핸콕에 있다는 것을 알면서도 말이다. 나는 스티븐이 "홀리스 우즈는 지금 뭘 하고 있을까?"라고 혼잣말을 할 때가 있는지 그리고 그의 머릿속에서도 내가 말을 하는지 궁금했다.

10월의 오후, 우리는 차를 멈추고 이제 막 빨갛게 물들기 시작한 나뭇잎들을 바라보았다.

"다 왔다, 홀리스."

운동복 차림의 여자가 말했다. 여자의 옷에는 길가에서 먹은 핫도그의 겨자 소스가 묻어 있었다. 내 뱃속에서는 아직도 핫도그가 남아 함께 마신 음료수와 섞여 돌아다니고 있었다.

그녀는 오는 내내 내게 말을 걸어 보려 했지만 나는 대답하지 않았다. 조수석에 축 늘어진 자세로 앉아 도구함에 발을 올리고, 야구 모자를 이마까지 푹 눌러쓰고 있었다. 언젠가 책에서 누군가의 눈을 들여다보면 그 사람의 영혼까지도 볼 수 있다는 말을 읽은 적이 있었다.

나는 그 누구도 내 영혼을 들여다보는 것을 원치 않았다.

그녀는 내게 발을 내려놓으라고 말하고 싶은 것을 꾹 참고 있었다. 그 대신 그녀는 무슨 말을 하려고 기회를 엿보고 있었다.

한 번 숨을 내쉬더니 그녀가 입을 열었다.

“새롭게 시작하는 거야, 홀리스. 새로운 곳에서.”

그러고는 손가락에 침을 묻혀 겨자 얼룩을 문질렀다.

“아무도 너를 몰라. 넌 달라질 수 있어. 좋은 아이가 될 수 있어. 내 말이 무슨 뜻인지 알지?”

어쩌면 그녀는 바쁜 날 택배 배달원이 소포를 던지듯 입양아들을 위탁 가정에 넘길 때마다 매번 그런 이야기를 했는지도 모른다. 그러나 그런 것 같지는 않았다. 한번 슬쩍 그녀의 눈을 들여다보았을 뿐이지만, 나를 안타깝게 여긴다는 것을, 나를 어떻게 대해야 할지 몰라 고민한다는 것을 알 수 있었다. 겨자녀, 당신이 정말 안됐어.

나는 〈벌레가 기어들어간다, 벌레가 기어 나온다〉라는 동요를 흥얼거렸다. 겨자녀가 손가락으로 집을 가리키며 말했다.

“미술 선생님이셨어. 지금은 퇴직하셨고. 직접 만나 뵙지는 못했지만, 기관 사람들 말로는 아이들한테 잘하신대. 특히…….”

말끝을 흐리기는 했지만 나는 그녀가 “특히 너 같은 아이들”이라고 말하려던 것임을 알았다.

발을 옆으로 움직여 자동차 계기판에 올려놓자 무릎이 턱밑까지 닿았다.

“한동안 혼자 지내셨다는데, 에미 말로는 너한테 좋은 곳이 될 거래.”

에미는 입양기관에서 가장 유능한 직원이었다. 아마 이런 말도 했을 것이다.

"손해 볼 거 없잖아?"

겨자녀가 말을 이었다.

"홀리스 너처럼 미술에 재능 있는 아이에게는 좋은 곳이 될 거야. 리건 씨는……."

나는 숨을 삼켰다. 아저씨! 나는 금방이라도 잠이 들 것처럼 두 눈을 감았다.

"리건 씨는 네가 계속 그림을 그릴 수 있기를 바랐어. 네가 그림을 그리지 않는 건 범죄행위라고 하더구나."

하품을 하려는 순간, 벌컥 현관문이 열렸다. 그리고 한 아줌마가 나왔고, 털이 듬성듬성한 주황색 고양이가 그 뒤를 따랐다. 나는 그 모습만 슬쩍 보고는 더 이상 눈길을 주지 않았다. 그 아줌마가 어떻게 생겼든 나와 무슨 상관이란 말인가?

그러나 내 옆에 있던 겨자녀는 심호흡을 했다. 나는 그제야 집 쪽을 힐긋 훔쳐보았다. 나는 그런 일을 잘했다. 고개도 돌리지않고 눈도 깜빡하지 않고 눈동자만 굴려 모든 걸 보는 일을.

그런데 그때는 눈을 깜빡였다. 당연히 그럴 수밖에 없었다. 조시 캐힐을 처음 본 사람은 누구든 마찬가지였을 것이다. 하지만 단지 영화배우처럼 예뻐서, 하늘거리고 속이 비칠 만큼 얇은 파란색 원피스를 입어서, 열 손가락 중 여덟 손가락에 모두 반지를 끼어서 그런 것은 아니었다. 이유는 다른 데 있었다. 한 손에 칼을 들고 있었기 때문이었다. 앞으로 내밀고 있는 칼은 늦은 오후의 햇빛에 반사되어 은빛으로 빛나고 있었다.

"이런."

겨자녀가 숨을 내쉬었다.

나는 앉은 자세를 바로 하고는 차 문을 열고 도망가야 하나, 아니면 손을 뻗어 잠금 버튼을 누르고 나가지 말아야 하나를 두고 고민했다.

칼을 든 아줌마가 나에게 가까이 다가오자 나는 그녀의 영화배우 같은 얼굴에 가득한 자글자글한 주름을 볼 수가 있었다.

그 순간 아줌마가 미소짓자 입가 주름들이 이리저리 움직였다. 아줌마는 허리를 숙여 차창에 한 손을 짚고 내게 말했다.

"홀리스, 드디어 왔구나."

나는 아줌마에게서 눈을 뗄 수가 없었다. 마치 손에 연필을 잡고 그녀의 얼굴과 눈, 칼을 종이 위에 그리는 상상을 했다. 그러고는 나는 의자 너머로 손을 뻗어 배낭을 챙겨 들고, 쾅 소리가 나도록 문을 닫으며 차에서 내렸다.

겨자녀도 뒤따라 반대쪽 문으로 내렸다.

"차? 커피? 레모네이드? 오렌지 주스?"

아줌마는 마치 메뉴판이라도 읽듯, 겨자녀에게 물었다. 계속 칼이 마음에 걸렸던 겨자녀는 고개를 저으며 걱정스러운 목소리로 말했다.

"홀리스가 잘 적응하기를 바랄 뿐이에요."

겨자녀가 영 마음에 놓이지 않는다는 듯이 말하자 내가 대답했다.

"내 걱정은 말아요."

우리는 그렇게 한참 동안 서 있었고 겨자녀는 대화로 우리 사이에 흐르는 어색함을 풀어 보려고 했다. 그리고 마침내 다시 차를 타고 가 버렸다.

"날 조시 아줌마라고 부르겠니?"

아줌마가 아무렇지도 않게 칼 손잡이로 이마를 문지르며 말했다.

"캐힐이라는 내 성으로 부르고 싶다면 그냥 '케일'이라고 부르면 돼. 왜 케일이라는 채소 있지?"

아줌마는 고갯짓으로 고양이를 가리켰다.

"헨리야. 가끔 성깔을 부리기도 하지."

나는 아줌마를 따라 집 뒤편으로 갔다. 헨리도 우리 뒤를 따랐다. 그러면서 발톱을 세운 발로 내 다리를 할퀴려고 사납게 휘저었다.

앞서 걷던 조시 아줌마가 뒤를 돌아보며 물었다.

"배고프니?"

나는 고개를 저었다. 핫도그를 먹은 뱃속이 이제 막 진정되고 있었기 때문이었다.

"일단 가져온 짐은 내려놓도록 해. 나중에 가지고 들어가면 되니까."

아줌마가 칼을 흔들며 말했다.

집 뒤편은 다른 세상이었다. 숲 가장자리에는 정원이 있었는데, 숲이 너무 작아서 숲 너머에 있는 다른 집들도 한눈에 볼 수 있었다.

"사람들이 숟가락을 발명한 이래로 난 쭉 여기서 살았어."

아줌마가 한쪽 눈썹을 치켜 올리며 말했다.

"누가 발명했는데요?"

나는 아줌마를 살피며 물었다.

이번에는 다른 쪽 눈썹이 치켜올라갔다.

"누구겠니? 칼과 포크를 만든 사람이겠지."

나는 이런 아줌마를 보면 절로 웃음이 나왔다.

"여기가 내 공간이야."

숲 앞쪽에는 조각된 나뭇가지들이 먼지를 뒤집어쓴 채 쌓여 있었다. 나뭇가지 가운데 몇몇은 내 팔뚝보다 두꺼웠고, 어떤 것들은 고작해야 연필 두께밖에 되지 않았다. 하나같이 얼굴이 조각되어 있었으며, 풀이나 꽃다발들이 머리를 감싸고 있었다.

나는 두 개의 손가락으로 이것저것 만져 보았다. 내가 그림에 음영을 넣을 때 사용하는 손가락들이었다. 나뭇가지 가운데 하나는 목에 얇은 스카프를 두르고 한쪽 팔로 새 둥지를 안고 있는 조각이었다.

"아줌마예요?"

아줌마는 스카프를 가볍게 매만지고 돌아서서는 한쪽으로 고개를 기울인 채 나를 바라보았다.

나는 내 눈을 덮을 만큼 모자를 눌러 쓰고 아줌마의 조각들을 바라보았다. 아줌마는 정말 예술가였다.

"네 것도 하나 만들어야겠다. 먼저 적당한 나무를 찾아야겠지. 저 뒤에 적당한 게 하나 있는 것 같은데. 얼굴 형태는 어느 정도 갖춰져 있고, 코는 뚜렷하게, 눈은……."

아줌마가 말을 멈췄다.

"하지만 네가 여기 있어야 가능한 일이지. 완성하려면 몇 주일, 몇 달이 걸릴지도 몰라."

나는 뭐라고 대답할지 고민했다. 나는 어느 곳에서도 오래 머문 적이 없었다. 어느 날 아침, 잠에서 깨어나면 더 이상 참을 수가 없었다. 그러면 배낭을 챙겨 그곳을 떠났다. 시내를 돌아다니며 영화를 보거나, 날씨가 좋으면 해변가로 가서 놀기도 했다. 잠은 해변가의 판자 산책로에서 잤다. 어느 때는 사람들이 나를 찾는 데 며칠이 걸리기도 했다. 그러나 그들은 결코 나를 같은 곳으로 돌려보내는 법이 없었다. 그곳에 사는 사람들도 내게 질렸던 것일 게다.

아줌마는 내 대답을 기다렸다.

나는 한쪽 어깨를 으쓱하며 대답했다.

"확실히는 몰라요."

"네가 여기 있는 동안에 헨리와 내가 극진히 대접할 거야."

헨리는 길 위쪽에 웅크리고 앉아, 눈을 가늘게 뜨고는 나를 향해 꼬리를 휘두르고 있었다.

"호랑이가 아닌 게 천만다행이에요."

다시 웃음이 나오려고 했다.

아줌마의 눈에 생기가 돌았다.

"저 뒤에 가서 나무를 베어 오는 것이 좋겠구나."

집 뒤뜰에 있던 낡은 나무 탁자 위에는 여러 가지 공구들이 잔뜩 놓여 있었다. 드릴, 도끼, 그리고 머리카락을 자를 만큼 날카로운 조각칼들이었다.

나는 도끼를 집고 숲으로 들어가는 조시 아줌마를 따라갔다.

그리고 머릿속으로 스티븐에게 말했다.

'잠시 머물게 될지도 모르겠어. 어떻게 생각해?'

두 번째 그림

스티븐

스티븐을 그린 그림은 하나가 아니었다. 여섯, 여덟, 열……. 늘 머릿속에 스티븐이 있어 눈을 감으면 바로 옆에 있는 것처럼 볼 수 있었지만, 제대로도 그려 낸 건 한 장도 없었다.

처음 스티븐을 만나게 된 날, 나는 아찔한 산길을 달리는 버스의 역겨운 냄새를 맡느라 속이 메슥거렸다. 버스를 탄 몇 시간이 몇 주 같았다.

홀리스 우즈, 롱아일랜드

셔츠에 달아 놓은 이름표가 목 언저리에 생채기를 만들었다.

갈증 말고는 아무 생각도 나지 않았다. 혀가 얼얼해지도록 입 안에 얼음 조각들을 넣고, 차가운 컵에 담긴 진저에일이나 오렌지 셔벗 두 숟가락을 떠 넣은 루트 비어를 마시는 상상을 했다.

나는 리건 가족과 함께 여름을 보내려고 브랜치스로 가는 중이었다.

"보내지만 않으면 착하게 굴게요. 죽은 듯이 지낼게요. 두고 보면 알아요."

나는 하마터면 회벽 집에서 함께 살던 여자에게 그렇게 말할 뻔했다.

그러나 그 대신 윗니와 아랫니로 입술을 꽉 눌러서 입속에 숨기고는 눈을 흘기며 여자를 쏘아보았다.

"홀리스, 네겐 신선한 공기, 자연과 함께 지낼 수 있는 시골 생활이 필요해."

그러나 이 말은 진심이 아니었다. 나는 회벽 집 여자가 전화로 얘기하는 것을 들었다.

"두 달이에요. 딱 두 달만 내가 하고 싶은 걸 하면서 문제가 무엇이든 빠지지 않고 문제를 일으키는 저 아이 걱정 없이 지내고 싶어요."

무엇이든! 나는 회벽 집 여자의 얼굴을 쳐다보며 그 말을 되풀이 했다.

회벽 집 여자는 다시 전화기에 대고 속삭이듯 말했다.

"아직도 입양이 되지 않은 게 이해가 되요. 홀리스 우즈란 아이는 정말 문제가 산더미같이 많은 아이예요."

나는 회벽 집 여자가 아끼는 연녹색 우산으로 난간을 쾅쾅 두드리며 씩씩하게 계단을 올라갔다.

버스에 마지막까지 남아 있는 사람은 나뿐이었다. 앞에서는 운전기사가 입양기관에서 나온 여자와 이야기를 나누고 있었다. 만약 내가 몸을 숙여 의자 뒤로 숨으면, 저 사람들은 내 존재를 잊어버릴까? 차를 돌려 롱아일랜드로 돌아갈까?

우리가 탄 버스는 핸콕 중심가를 덜커덩거리며 달렸다. 길게 늘어선 집들과 영화관을 지나 한 식당 앞 정류장에 멈춰 섰다.

"내릴 준비해라, 다 왔어."

버스 기사가 백미러를 들여다보며 내게 말했다.

나는 배낭과 비닐봉지를 챙겨 들었다. 비닐봉지 속에는 칫솔, 오래된 양말 냄새가 나는 비누, 분홍색 수건, 두 살배기 침 흘리개 아이들을 위한 〈켈리가 캠프에 가요〉란 책이 들어 있었다. 나는 기관에서 나온 여자의 무릎에 책을 던져 주었다. 그리고 고개를 쳐들고 마치 타는 듯한 갈증을 느끼지 않는다는 듯, 화장실에 못 가서 나오기 일보직전이 아니라는 듯 태연하게 행동했다.

버스 창밖으로 한 남자가 모자를 눈까지 당겨쓰고 식당 벽에 기대어 있는 것이 보였다. 그 옆에서는 한 소년이 벽에 대고 공놀이를 하고 있었다. 나는 버스에서 내린 다음 따가운

햇살을 받으며 소년을 살폈다. 비쩍 마른 소년은 키가 나보다 훨씬 컸고, 신고 있던 양말은 추욱 늘어져 짝짝이처럼 보였다.

하수구 냄새가 나는 배기가스를 뿜으며 버스가 출발하려는 순간 벽에 던진 공이 뒤로 날아갔다. 소년이 공을 쫓아가다 버스에 치일뻔 했으나 공이 길 건너편으로 굴러가 버리자 소년은 아슬아슬하게 몸을 뒤로 뺐다.

나는 배낭과 비닐봉지를 내려놓고 달려가는 버스 뒤를 쏜살같이 가로질렀다. 그리고 한 손으로 공을 주워 들었다. 나는 내 장기를 보여 주려는 듯 머리 위로 공을 던지고 받으며 빠른 걸음으로 그들에게 다가갔다.

남자는 모자를 뒤로 젖히고 나를 보며 싱긋 웃었다. 그리기에 아주 좋은 얼굴이었다. 계피 빵 색깔의 눈과 거칠고 회색빛이 감도는 검은 턱수염, 웃을 때마다 깊게 파이는 눈가의 주름들까지.

"난 스티븐 리건이야. 홀리스 우즈? 어떻게 그런 이상한 이름을 갖게 된 거야? 사람들이 홀리라고 부르니? 우리 집 앞뜰에도 홀리라는 풀이 있는데, 그거 잘못 만졌다간 피를 보게 되지. 아무튼 앞으로 홀리라고 부를게."

소년이 이를 드러내고 싱긋 웃으며 말했다.

"스티븐."

남자가 고개를 저었다.

"좋을 대로."

내가 재빨리 말했다.

"그건 그렇고 넌 몇 살이니? 내가 보기엔 아직 꼬마인 것 같은데."

스티븐이 안경 너머로 캐러멜 색 눈을 빛내며 물었다.

"열두 살."

나는 거의 한 살이나 더 올려서 말했다.

"그리고 거칠기도 하지."

"아직 애군. 나는 12월 26일에 열세 살이 돼. 식당에서 점심을 먹을 거야. 엄마는 브랜치스에서 기다리고 계셔."

스티븐이 쉬지도 않고 말을 쏟아 냈다.

"이지가 당근 케이크를 만들고 있을 거야."

남자가 말했다.

나는 당근을 싫어한다는 말을 해 볼까 생각했다. 사실이 아니었다. 나는 무엇이든 먹었으니까. 무엇이든 먹어요. 회벽 집 여자라면 그렇게 말했을 것이다. 게다가 스티븐과 남자는 식당에서 점심을 먹고 저녁으로 당근 케이크를 먹을 생각에 매우 행복한 표정을 짓고 있었다. 나는 딱히 그런 말을 할 마음도 없었거니와 정말로 화장실이 급했다.

"목마르지?"

스티븐이 눈을 가늘게 뜨고 물었다.

"이 식당에는 탁자마다 체커가 있어. 시합하면 내가 이겨 줄게."

스티븐은 내가 보여 준 공묘기에 응수하고 싶은 눈치였다.

남자가 얼굴을 찡그렸다. 그도 그 사실을 아는 것 같았다.

그러나 나는 그래도 상관없었다. 정말 괜찮았다.

나는 급히 식당으로 들어가 화장실로 직행했다. 그런 뒤에 그 부자와 탁자에 앉아 유리잔 밑에 젖은 냅킨을 받치고 차갑고 달콤한 루트 비어를 마셨다. 루트 비어의 반을 마시자, 스티븐은 내게 알려 주고 싶은 것들을 말했다.

"난 이 아저씨를 아빠라고 불러."

"너도 그렇게 부르렴."

남자가 말했다.

나는 기회를 놓치지 않고 얼른 말했다.

"그냥 아저씨라고 부를게요."

"좋을 대로."

남자가 웃으며 말했다. 남자는 크게 신경 쓰지 않는 듯 보였다.

"그리고 난 산책을 좋아해. 혼자서 브랜치스 구석구석을 돌아다니지. 너도 데리고 다녀 줄게."

스티븐이 말했다.

"뭐, 그러든가."

"그리고 자동차에 빠삭해. 난 트럭도 몰아."

"그 말은 믿지 마라. 아직 열세 살도 안 된 녀석이니까."

아저씨가 콧방귀를 뀌며 말했다.

"그럼 거의 몰 줄 안다고 쳐요. 곧 정식으로 몰게 될 거야."

스티븐이 내게 윙크를 보내며 말했고 아저씨는 나를 향해 눈동자를 굴렸다.

"그리고 마지막으로 난 모르는 발자국이 없어. 동물 발자국 말이야. 전부 알아."

스티븐이 양 팔을 넓게 펼치며 말했다. 나는 그 모습에 웃음을 터트렸다. 웃으라고 하는 말인게 분명했다. 스티븐이 검은 체커 말들을 내 쪽으로 떼밀었다.

"자, 이제 네 실력을 좀 보자고, 홀리스 우즈. 네가 이기면 운전하는 법을 가르쳐 줄게."

"그렇게는 안 될 거다."

아저씨가 못을 박았다.

스티븐의 운이 별로 좋지 못한 가운데 우리는 내리 두어 번의 체커 게임을 했다. 우리가 게임을 하는 동안 손에 든 햄버거에서 케첩이 탁자로 뚝뚝 떨어지기도 했고, 아저씨가 옆에서 응원하기도 했다.

어쨌든 내가 그리려고 했던 그림은 처음 만난 날 나와 체커를 두웠던 스티븐의 모습이었다. 그 그림은 제대로 그릴 수가 없었다. 아마도 첫 판에서 스티븐이 내게 져 주고, 내가 다음 판에 스티븐에게 져 주어서이거나, 어쩌면 내가 처음으로 오빠가 있다는 느낌이 어떤 건지 알게 되었기 때문인지도 모르겠다.

조시 아줌마와의 시간

조시 아줌마의 집에 머문 지도 3주가 지났다. 어느 날 아침, 잠에서 깬 나는 엄지손가락에 물집이 생긴 것을 발견했지만 크게 신경 쓰지는 않았다. 그동안 아줌마와 나는 작은 숲의 나무들을 손질했다. 도끼로 찍고 자르고 뭔가 완성해 가는 느낌이 좋았다. 이제 집 뒤편에 있는 조시 아줌마의 작업대 밑에는 나무가 한 무더기 쌓여 있었다.

"그 나무들 전부 다 조각할 것들은 아니야. 좀 있으면 몹시 추워질 거고, 벽난로에 수시로 불을 피우게 되겠지."

나는 조시 아줌마가 겨울이 왔을 때도 내가 계속 머물 것인지 궁금해한다는 사실을 알고 있었다.

나도 궁금했다.

나는 침대에 누워 기지개를 펴고는 주위를 둘러보았다. 멋진 방이었다. 매일 아침 햇살이 가장 먼저 비추는 곳이어서 창문으로 빛들이 들어와 방 안을 엷은 금빛으로 물들였다. 나는 잠시 그대로 장밋빛과 흰빛이 섞인 누비 이불 아래에 있다가 옷을 걸치고 주방으로 내려갔다.

조시 아줌마는 안경을 코끝에 걸치고는 탁자 위로 몸을 숙이고 나무를 조각하고 있었다. 복도에서 유리창에 비치는 아줌마의 모습을 볼 수 있었다. 아줌마는 내가 보고 있다는 것을 알았지만, 묵묵히 나무를 깎고 부스러기를 입으로 불어 날려 보냈다.

나는 슬며시 아줌마 맞은편 자리에 앉았다. 앞에는 시리얼 한 상자와 바나나 두 개, 그리고 깔끔하게 반으로 잘린 빵이 놓여 있었다. 빵은 조금 딱딱했고 바나나는 거뭇거뭇하게 변했다. 얼마 전까지는 시리얼 안에 초콜릿을 넣어 먹었는데, 이제 다 먹은 게 분명했다.

그래도 아침 식사는 훌륭했다. 얼룩무늬 그릇에 담긴 시리얼에서는 바삭바삭하는 소리가 났다. 낙엽들이 정원에 휘날리고, 조시 아줌마의 대패가 쓱쓱 소리를 냈다.

나는 입 안 가득 음식을 문 채로 앉아 아줌마의 주방을 둘러보았다. 다른 곳들과 마찬가지로 이 집의 주방에도 놀라운 것들이 가득했다. 벽은 엷은 노란색이었고 벽 아래쪽 파란색 테두리 위에는 배들이 항해를 하고 있었다. 손으로 그린 펠리컨

한 마리가 난로 위에 앉아 있었다.

펠리컨은 헨리만큼이나 성깔이 있어 보였다.

나도 언젠가 이런 집을 갖겠다고 다짐했다. 화장실 한쪽 벽면에는 모자 상자와 가발들이 그려져 있고, 복도 끝에 있는 조그만 침실에는 수채화로 그린 수십 켤레의 구두가 쭉 늘어서 있었다.

노란 주방은 엄청나게 컸다. 창문 아래 소파 하나가 놓여 있었는데, '헨리네 집(HENRY'S HOME)', '승리의 V(V FOR VICTORY)', '사르가소 해를 구하자(SAVE THE SARGASSO SEA)' 같은 문구들을 수놓은 쿠션들이 잔뜩 쌓여 있었다.

나는 '사르가소 해'라는 건 들어본 적도 없었다.

나는 배낭에서 꺼낸 종이에 어딘가에서 찾은 몽당한 목탄으로 집을 그렸다. 집과 스카프를 두른 조시 아줌마를 스케치하는 일은 즐거웠다. 아줌마는 가끔 고개를 들어 구형 라디오 위에 앉아 있는 헨리와 구슬 같은 눈을 가진 펠리컨을 그리는 내 모습을 지켜보았다. 나는 스티븐이 하는 말을 상상했다.

"온통 노란색과 파란색이구나. 네 화구 상자가 있었으면 좋았을 텐데."

그러나 난 괜찮았다.

"오늘 우린 내 차 '은빛 총알(Silver Bullet)'을 타고 드라이브를 할 거야."

조시 아줌마는 매우 즐거운 듯 말했다. 아줌마는 옷 앞쪽에 묻은 대팻밥을 빛바랜 바닥에 털어 냈다.

"홀리스, 네게 보여 주고 싶은 것들이 있어."

월요일인데 학교는 안 가고? 나는 어깨를 으쓱했다. 아줌마가 그 사실을 잊고 싶다면 나는 어찌됐든 상관없었다. 안 그래도 대부분의 시간을 교실 뒤편에 앉아 스케치를 하거나, 플라스틱 책상에 잉크로 그린 얼굴을 손가락에 침을 묻혀 닦아 내며 보낼 테니까.

나는 학교에 잘 나가는지 겨자녀가 항상 점검하고 있다는 사실을 떠올렸다. 지금까지 딱 두 번을 결석했다. 내가 조시 아줌마의 가늘고 긴 필체를 흉내 내며 서명까지 한 결석 사유서는 그야말로 걸작이었다.

홀리스는 주말 동안 고열에 시달렸습니다.
만약 얼굴에 홍조를 띠는 것 같으면 집으로 보내 주세요.

이런 것도 있었다.

홀리스는 심한 발진이 생겼습니다.
홀리스가 토마토에 알레르기가 있다는 것을 알게 되었습니다.
딱한 일이죠. 홀리스는 정말 토마토를 좋아하는데 말입니다.

나는 마지막 하나 남은 바나나 조각을 입속에 밀어 넣었다. 그리고 조시 아줌마가 장미가 장식된 밀짚모자를 쓰고 하늘하늘한 스카프를 목에 두 번 두르는 것을 지켜보았다. 그리고 아줌마를 따라 차고로 나갔다.

은빛 총알은 80년대에 만들어진 아주 오래된 차였다. 범퍼들은 우그러져 있었고 문에는 흰 줄이 가로질러 있었다. 그러나 차 안의 시트들은 부드러운 모피로 되어 있었고, 자동차 앞 유리에는 회색 수염을 기른 작은 남자 조각이 매달려 있었다. 아니, 남자가 아니었다. 자세히 보니 앞다리로 서 있는 헨리였다.

"도토리로 만든 권투 장갑을 끼워 줬는데 자꾸 떨어지더라고. 그렇다고 헨리 걱정을 할 필요는 없어. 위험한 순간이 오면 언제든 널 구할 준비가 되어 있으니까."

권투 장갑을 끼고 나를 위해 싸우는 헨리 모습을 상상하니 나는 절로 웃음이 나왔다. 난 그즈음 어떻게든 헨리와의 거리를 유지하는 데 주로 신경을 쓰고 있었다. 헨리가 차 안으로 뛰어들어 풀쩍 뒷자석으로 건너간 다음 창턱에 앉을 때까지 나는 뒤로 물러서 있었다. 헨리는 고개를 빳빳이 들고 톱니 모양의 귀 한쪽을 앞으로 내리고는 수염을 씰룩거렸다.

나는 헨리 생각을 하고 있을 여유가 없었다. 내가 차 안으로

쓱 들어가자, 조시 아줌마는 단 한 번의 후진으로 차고를 빠져 나와 도로에 들어선 다음, 도로를 살피지도 않고 질주했다.

'지금 이 차를 타고 있다면 너도 놀라 자빠질걸?'

나는 머릿속으로 스티븐에게 말을 하고 두 손으로 의자를 꽉 움켜쥐었다.

조시 아줌마는 영화배우처럼 길고 가는 손을 흘긋 내려다보며 이야기를 시작했다. 손톱에는 소방차와 같은 색이 칠해져 있었지만 군데군데 벗겨져 있었다. 나는 속도를 줄이라는 말 대신 입술을 깨물었다.

첫 번째 교차점에 도착할 때까지 나는 이대로 죽게 될 거라고 생각했다. 그러나 두 번째 모퉁이에 다달았을 때 거리에는 차들이 그렇게 많지 않았다. 얼마 안 되는 차들도 우리와 멀찍이 떨어져 있다는 것을 알았다. 나는 안정을 되찾기 시작했고 아줌마가 하는 말에 귀를 기울일 수 있었다.

"계속 머물면서 네 모습이 조각되는 걸 볼 거니? 더 있겠다면 운전하는 법도 가르쳐 줄게. 영화 좋아하니? 영화도 볼 수 있어."

입 안이 바싹 말랐다.

'운전하는 법? 그거라면 할 얘기가 있잖아?'

스티븐이 하는 말이었다.

나는 내 머릿속에서 스티븐을 털어 내려는 듯 허공에 헛손

질을 했다. 오늘은 또 어떤 변명을 붙여 사유서를 쓸까 생각하고 있는데 그 순간 차가 다음 모퉁이를 돌아 멈춰 섰다. 우리 눈앞에 펼쳐진 것은 고깃배 몇 척이 떠 있는 포구였다. 배에서 흘러나온 기름이 물 위로 꼬리처럼 늘어져 있었다. 그리고 배들 너머, 포구 너머에 있는 것은 이제까지 한 번도 본 적 없는 많은 양의 물이었다.

흔들리고 넘실거리며 가물거리고 시시각각 변하며 은빛으로 반짝이는 그것은 대서양이었다. 도화지 한 장을 손에 들고 싶어 손가락이 근질거렸다.

"여기가 내 바다야."

조시 아줌마는 바다를 마치 아줌마가 소유한 모자 가운데 하나인 양 말했다.

나도 델라웨어 강에 그런 감정을 느꼈다. 강을 생각하자 가슴에 통증이 느껴졌다. 아저씨의 노 젓는 배에 앉아 몸을 굽혀 두 손을 깨끗한 물에 담그고, 강바닥을 따라 헤엄치는 메기와 따뜻한 햇빛을 받으며 빈둥거리는 강꼬치고기 떼를 바라보고 싶었다.

"무슨 생각하니?"

조시 아줌마가 물었다.

"강보다 크네요. 물살이 거칠기도 하고."

나는 다른 점을 생각하며 두 손을 활짝 펼쳤다.

"멋져요, 하지만……."

조시 아줌마는 내 말을 기다렸다.

"바다는 커서 감싸 안을 수 없어요."

"그래."

아줌마는 잠시 생각에 잠긴 듯 말을 멈췄다.

"바닷물을 좋아하는 사람들과 강이나 호수 같은 민물을 좋아하는 사람들이 있지."

그렇게 말하고는 손을 들어 올렸다.

"그리고 개중에는 물 자체를 별로 좋아하지 않아서 물과 사랑에 빠지지 못하는 사람들도 있어."

그녀는 만족스러운 표정으로 나를 바라보았다.

"하지만 우리는 아니야."

나는 마지막 남은 가을 잎들이 강물에 비칠 때 어떤 모습인지를 생각하며 고개를 끄덕였다.

"차에서 내려서 방파제를 따라 걸어 보는 거야."

조시 아줌마가 말했다. 그러고는 낮은 목소리로 노래를 부르기 시작했다. 나도 어디선가 배웠던 노래였다.

"바닷가에, 바닷가에……."

헨리도 방파제로 향하는 우리 뒤를 따랐다. 서로 포개 놓은 거대한 돌들로 만들어진 길이 바다로 나 있었다. 이 돌들은 미끄러워서 발이 빠질 수 있었다. 나는 아줌마가 올라오도록 도와줘야 하나 고민했지만 아줌마는 내 도움을 필요로 하지 않았다. 아줌마는 휙 몸을 날려 내 옆에 섰고 바다에서 불어오는 바람에 아줌마의 스카프가 휘날렸다.

"한 번 숨을 들이쉬어 봐."

아줌마가 굳이 말하지 않아도 나는 물고기, 등유, 소금이 합쳐진 냄새를 맡고 있었다. 이런 냄새는 맡아본 적이 없었다.

"바다 없이 내가 뭘 할 수 있을지 모르겠어."

조시 아줌마가 말했다.

그리고 우리는 눈앞이 온통 바다뿐인 곳까지 경쾌하게 발길을 옮겼다. 아줌마가 한 발로 아래를 가리켰다. 바위 사이사이에 물이 고여 작은 물웅덩이를 만들었고, 그 가운데에서는 작은 물고기들이 헤엄치고 있었다. 물고기들은 너무 작아서 마치 작은 얼룩들처럼 보였다. 한 웅덩이에는 게 한 마리가 있었는데, 집게발이 내 새끼손톱만 했다.

나는 방파제 가장자리에 무릎을 꿇고 앉아 물속에 손가락을 집어 넣고 물이 움직일 때마다 변하는 손가락 모양을 보았다. 셔츠에 물방울이 튀었다. 산에는 벌써 눈이 왔을까?

산 생각은 하지 말자.

나는 스티븐과 아저씨, 이지 아줌마 생각을 하자 그 순간 통증이 밀려와 가슴에 손을 갖다 댔다.

조시 아줌마는 나를 굽어보며 서 있는 조각상 같았다. 바람에 날아가지 않도록 모자를 잡고 있었고, 두 눈을 감은 채 입가에 희미한 미소를 띠고 있었다. 나는 천천히 입을 열었다.

"얼마 동안 머물러 있어도 좋겠다는 생각을 했어요. 아줌마가 그러기를 바란다면 말이에요."

조시 아줌마는 눈을 뜨고는 밝게 웃음 띤 얼굴로 나를 내려다보았다.

"네 조각상이 만들어지는 걸 보고 싶은 거라면……."

아줌마는 한 손을 들어 스카프로 가져갔다.

"사실 이미 시작했지."

그리고 나는 스티븐이 할 말을 알고 있었다.

'도대체 뭘 하고 있는 거야, 홀리스?'

세 번째 그림

델라웨어 강에서의 낚시

강은 리건 가족의 여름 별장 앞을 굽이쳐 흘렀고 그 맞은편에는 아저씨의 산이 버티고 있었다.

도대체 뭣 때문이었을까? 롱아일랜드에서 자란 나는 기껏해야 언덕 정도밖에 본 적이 없었다. 그런데 왜 이 산이 그렇게 친근하게 보였던 것일까? 나는 잔뜩 뒤로 고개를 젖히고 온통 푸른색으로 뒤덮인 바위산을 한없이 올려다보았다. 스티븐이 말했다.

"그러다 넘어지겠다."

나는 어깨를 으쓱해 보이고는 배낭을 잡으려고 손을 뻗었다. 배낭 안에는 색연필 한 움큼이 들어 있었다. 보이는 대로 주워 모은 뭉뚝한 것들이었다. 내가 처음 본 순간의 강 색깔을 표현하기 위해서는 푸른색, 초록색, 회색 등 여섯 가지 색연필이 필요했다.

“낚시는 할 줄 알아?”

스티븐이 물었다.

“마음만 먹으면 못할 것도 없지.”

나는 힐긋 곁눈질로 강을 내려다보았다. 사실 낚시도, 수영도 할 줄을 몰랐다. 나는 아저씨가 창고에서 낚싯대를 가져온 순간에도 여전히 물과 멀찌감치 떨어져 있을 생각을 했다.

덧문이 쾅 소리를 내며 닫히고 이지 아줌마가 현관에 나타나 우리에게 손을 흔들었다.

“이봐요, 덩굴제비콩과 옥수수와 어울릴 만한 걸로 잡아다 줘요.”

“콩은 정말 싫어.”

스티븐이 말했다.

“난 콩이 좋아.”

말은 그렇게 했지만 사실 덩굴제비콩은 처음 들었다.

이지 아줌마가 나를 보며 고개를 끄덕였다.

“옆에 여자애가 있으니 좋구나, 홀리. 우린 이 남자들을 상대로 서로 뭉쳐야만 돼.”

이지 아줌마는 내가 이제까지 본 여자 가운데 키가 가장 컸다. 금발이 얼굴 주위로 흘러 내렸는데 마치 나만 바라보며 웃고 있는 것처럼 보였다.

우리는 강둑으로 내려갔고 몇 그루의 작은 소나무가 만든 그늘 아래에서 맨발로 섰다. 아저씨는 가짜 미끼를 꿴 낚싯대 하나를 내 손에 쥐어 주었다.

“가장 좋은 거야. 행운이 있으라고 주는 거야.”

아저씨는 낚싯줄을 던지는 방법을 가르쳐 주었다. 팔을 뒤로 젖혀 낚싯대를 머리 위로 던지자 낚싯줄이 휙 소리를 내며 날아갔다. 나는 깃털처럼 가벼운 미끼가 물 위로 미끄러지듯 움직이는 것을 지켜보았고, 그렇게 같은 동작을 반복했다.

강바닥이 훤히 들여다보였다. 나는 군데군데 돌들이 박혀 있는 부드러운 모래 위에 설 수 있을 것 같았고, 위험하지도 않을 것 같았다. 나는 먼저 한 발을 차가운 물속에 담갔고 마저 나머지 한 발도 담갔다. 작은 물고기들이 다가와 발목을 깨물었다. 건너편으로 크고 푸른 산이 보였다. 스티븐이 말했다.

“아빠의 산이야. 내가 내일 보여 줄게. 산으로 올라가는 길이 있는데…….”

아저씨의 얼굴이 굳어졌다.

“그 길은 조심해야 해. 난 그 길이 무섭더구나.”

스티븐이 한쪽 어깨를 씰룩거리며 말했다.

“난 그게 무엇이든 무섭지 않아요.”

‘무엇이든’이라. 나는 생각했다. 회벽 집 여자는 이제 다른 세상에 사는 사람 같았다.

우리는 그곳에 그렇게 서 있었다. 아저씨는 유유히 지나가는 메기 한 마리를 겨냥했고 개구리 한 마리가 바위 위에서 햇볕을 쬐었다. 나는 눈을 감았다. 델라웨어 강 동쪽은 고향 같은 곳이었다.

그날 오후 나는 기적처럼 내 생애 첫 물고기를 잡았다. 물고기를 낚을 때 물 표면을 헤치는 물고기의 은빛 곡선을 보았다. 커다란 물고기였다. 옆에서 스티븐이 말했다.

"놓치는 거에 1달러 건다."

하지만 스티븐은 내가 물고기를 잡기를 바라며 그물을 들고 옆에 서 있었다. 그 순간 나는 바위에서 미끄러졌고 다리와 등에 물이 닿는 것을 느꼈다. 나는 한 손으로 균형을 잡으려고 애썼지만 중심을 잃고 엉덩방아를 찧었다. 하지만 강물이 얼마나 깊은지, 머리가 물에 잠기는지는 알 수 없었다.

그때 스티븐의 팔이 내 팔꿈치를 잡아 일으켜 세웠고 아저씨는 "홀리스, 괜찮아."라고 소리쳤다.

내 두 발은 다시 중심을 잡고 모래 위에 섰다. 나는 천천히 뒤로 움직이며 낚싯대를 잡아당겼고 물고기는 내 차지가 되었다.

스티븐이 차가운 물을 한 양동이 가까이 내 머리에 퍼붓는 바람에 머리에서는 물이 뚝뚝 떨어졌고 옷은 흠뻑 젖었다. 아저씨는 고개를 끄덕이며 웃음지었고 이지 아줌마는 무슨 일인가 보려고 강둑으로 내려왔다.

나중에 나는 이 모든 것을 그림으로 그렸고 이 그림을 볼 때마다 그날 저녁 숯불에 구워 먹었던 생선 맛과 현관 베란다 탁자 아래 맨발로 있던 내 발과 우리 앞으로 흐르던 강이 떠올랐다. 그리고 이지 아줌마가 주방에 뭔가 가지러 가려고 일어서면서 내 어깨를 만졌던 것이 생각났다.

나는 왜 이 모든 것을 망쳐야만 했을까?

조시 아줌마와의 시간

제3장

조시 아줌마와 헨리와 나는 매일 저녁 통조림 수프를 먹었다. 우리가 앉은 식탁 위로 스테인드글라스 조명이 빛났다. 조명은 주방 천장에 무지갯빛을 그렸다. 벽에는 내가 간단히 그린 헨리 그림이 붙어 있었는데, 헨리는 권투 장갑을 끼고 전선을 툭툭 치고 있었다.

조시 아줌마는 우리가 토마토 수프에 도넛 조각이나 초콜릿칩 쿠키를 적셔서 먹는 동안에도 줄곧 나무토막을 깎아 냈다. 조시 아줌마에게 돈이 들어오는 날, 우리는 거하게 먹었다.

"이렇게 해서는 안 돼요."

나는 돈이 들어오는 날이면 카트를 가득 채울 만큼의 도넛과 고양이 사료 한 상자, 체리 바닐라 아이스크림, 일주일 내내 저녁에 텔레비전을 시청할 때마다 먹을 수 있을 만큼의 초콜릿 바를 잔뜩 사는 아줌마에게 이야기했다.

"돈을 나눠서 써야 한다고요."

조시 아줌마는 대답 대신 내가 한 번도 들어보지 못한 옛 노래 몇 소절을 흥얼거렸다. 때때로 그게 아줌마의 의사소통 방식이었다. 아줌마는 이것저것 두서없는 말을 꺼내는 일이 잦았고, 심지어 그게 시가 되기도 했다. 나는 얽힌 실 꾸러미를 풀듯 머릿속으로 아줌마의 말들을 풀어야 했다. 때때로 말하는 도중에 말을 멈추기도 했는데, 그럴 때면 아줌마의 이마에 작은 주름이 잡혔다.

나는 겨자녀와 입양기관의 스타인 에미조차 짐작하지 못했던 것을 알고 있었다. 조시 아줌마는 여러 가지 것들을, 단어들을, 하고 있던 일을 잊어버렸다. 항상 그런 것은 아니었지만 자주 있는 일이었다. 아줌마도 그 사실을 알고 있었다. 아줌마는 허공에 두 손을 올린 채 무력하게 나를 바라보았고 그럴 때면 나는 서둘러 아줌마의 문장을 끝마치거나 넘치기 직전인 수프의 불을 껐다.

"내 사촌인 베아트리스가 기다리고 있어."

어느 날 저녁 아줌마가 노래하듯 그렇게 말하고는 내게 웃옷을 건넸다. 아줌마는 복도 모자걸이에 걸려 있던 밀짚모자를 한 바퀴 돌리며 말했다.

"이걸 쓰고 가기에는 너무 춥겠지."

"어딜 가는데요?"

"영화 보러."

"무슨 돈으로요?"

조시 아줌마는 대답하지 않았다. 아줌마는 벽장에서 갈색 모자를 꺼내 쓰고는 거울 앞에 서서 눈앞에 내려온 베일을 정리했다. 희미한 복도 조명 아래의 아줌마는 젊어 보였고 피부에서 빛이 나는 것 같았다.

내가 자기를 응시하는 것을 안 아줌마가 나를 보았고 나는 얼른 고개를 돌렸다. 그 짧은 순간 아줌마의 두 눈이 빛났다.

"잠깐만."

아줌마는 부드럽게 내 팔을 잡아당겨서 거울 앞에 나를 세웠다.

나는 내 모습을 보는 것 그다지 좋아하지 않았다. 아저씨의 산에서 사고로 생긴, 이제 막 아물기 시작한 흉터가 보였다. 흉터를 보지 않았다면 그날 밤과 길가로 트럭이 미끄러지면서 바위에 부딪힐 때 났던 끔찍한 소리를 생각하지 않아도 되었을 것이다.

조시 아줌마는 갈색 모자를 벗어 내 머리에 씌워 주었다. 아줌마는 베일이 내 코까지 덮이도록 매만지고는 뒤로 물러섰다.

거울에 비친 내 모습을 보니 숨이 멎을 것 같았다. 흉터도

주근깨도 없었다. 그리고 사방으로 뻗치던 엷은 갈색 머리는 부드럽게, 물결치며 흘러내렸다. 나는 달라 보였다. 예쁘다는 말로도 부족했다.

"아, 너도 보이지. 얼마 안 있어서 이게 네 모습이 될 거야. 남은 생애 동안 이런 모습이겠지. 넌 아름다운 얼굴을 가졌어."

나는 꿀꺽 침을 삼켰다. 모자를 벗고 싶지 않았다. 영원히 쓴 채로 있고 싶었다.

"네가 쓰렴."

아줌마는 내 어깨를 톡톡 두드리고는 벽장문을 열어 다른 모자를 꺼냈다. 금빛 반점 무늬가 있고 한쪽에 무지갯빛의 고정 핀이 달린 녹색 울 모자였다. 아줌마가 나를 향해 웃음지었다.

"영원히 네 거야. 너가 나를 떠나더라도 말이야."

"떠나지 않을 거예요."

아줌마는 무슨 말을 하려다가 말고 현관 자물쇠를 만지작거리더니 열쇠를 핸드백에 집어넣었다. 차고 옆을 지나는데 아줌마가 안타까운 듯이 고개를 저었다. 연료가 거의 바닥이었던 것이다. 나는 이미 그 사실을 알고 있었다. 하지만 보름께까지 우리에게 남은 돈은 40센트 정도가 전부였다.

나는 한숨을 쉬었다. 내게는 조시 아줌마가 모르는 돈이 있었다. 나는 항상 돈을 준비해 두었는데, 그 돈을 도주비라고 불렀다. 그 돈은 연료비나 식비에 쓸 수 없었고, 도망치는 데에만 쓸 수 있었다. 오래전에 나는 내 자신과 그런 약속을 했던 것이다.

우리는 안개비를 헤치며 빠른 속도로 두서너 블록을 걸었다. 그 순간 조시 아줌마가 거리 한가운데로 걸어가더니 고개를 들고 두 손을 펼쳤다.

"봐."

나는 고개를 뒤로 젖히고 어두운 하늘에서 떨어지는 가느다란 진눈깨비가 하얀 빛줄기처럼 보였다.

저걸 어떻게 그릴까? 종이를 몇 장 구할 수 있다면 검은색과 하얀색 그림물감으로 아주 연한 회색을 만들어 붓으로 칠하고 싶었다.

등 뒤로 소스라칠 만큼 큰소리의 경적이 울렸다. 조시 아줌마가 내 손을 잡았고 우리는 재빨리 길에서 벗어났다. 누군가의 손을 잡는 느낌은 이상했다. 내가 마지막으로 잡았던 손은 이지 아줌마의 손이였다. 아줌마는 그때 두 손을 내밀며 말했다.

"나는 항상 딸을 원했었지. 아기들, 아이들이 잔뜩 있는 것을 원했어."

조시 아줌마와 나는 모퉁이가 나타날 때마다 우회전을 했다. 그리고 아일랜드 극장이 우리 눈앞에 나타났다. 입구 차양 둘레로 쳐진 작은 등불들이 진눈깨비 속에서 흐리게 보였다.

한 노부인이 매표소에 앉아 있었다. 조시 아줌마만큼 나이가 든 것은 아니었지만 땋아 내린 하얀 머리가 솜사탕을 올려놓은 것 같았다. 그리고 미소를 짓자 버터 같은 누런 이가 보였다. 그녀가 엄지손가락으로 나를 가리켰다.

"얘는 이름이 뭐야, 언니?"

"홀리스."

조시 아줌마가 그 부인을 향해 손을 흔들며 말했다.

"여긴 베아트리스 길크레스트야. 내 사촌이자 헨리를 빼고 내 최고의 친구지."

"근사하군."

베아트리스가 조시 아줌마를 보며 그렇게 말했고 나는 그 말이 나를 두고 한 말임을 금방 알아차렸다. 베아트리스가 앞으로 몸을 숙였다.

"일찍, 훨씬 빨리 널 볼 수 있었을 텐데. 내가 지독한 감기를 앓았거든. 내 세균들을 퍼트리고 싶지는 않았단 말이지."

베아트리스가 내게 윙크하며 말했다.

우리는 서로를 향해 웃음지었고, 조시 아줌마와 나는 돈을 내지 않은 채 살금살금 발끝으로 걸으며 안으로 들어갔다.

나는 눈앞에 펼쳐진 어두운 극장을 응시했다. 우리 말고는 거의 아무도 없었다. 수업이 있는 날 밤이었으므로 모두 집에 있을 거라는 생각이 들었다. 집에서 저녁을 먹고 있거나 숙제를 하고 있을 것이다. 그런 생각을 하자 이상한 기분이 들었다. 나는 이지 아줌마와 아저씨와 함께 저녁 식탁에 앉아 있는, 아니면 책에 얼굴을 묻고 수학 문제를 푸는 스티븐의 모습을 생각했다.

"돈을 내지 않는 대신 일을 해야지."

조시 아줌마는 나를 캔디 판매대로 끌고 갔다. 그러고는 불을 켜고 팝콘 기계에 한 무더기의 옥수수 알갱이와 파슬리처럼 보이는 것을 한 컵 쏟아부었다. 그리고 판매대 뒤에 있는 높은 의자에 앉았다.

"특별한 비법이 있지. 이 팝콘 말이야."

조시 아줌마가 고개를 끄덕이며 말했다.

"베아트리스와 내가 지난겨울에 비법을 생각해 냈지."

조시 아줌마가 위쪽을 가리켰다.

"베아트리스는 위층에 살아. 위층 전체가 그녀의 아파트야. 꼭 볼링장 같다니까. 상상이 되니?"

아줌마가 고개를 저으며 말했다.

나는 팝콘 한 알을 집으며 고개를 끄덕였다. 팝콘은 보기보다 훨씬 맛이 좋았다.

몇 분이 지나자 극장 안으로 예닐곱 명의 사람들이 들어왔다. 입에 팝콘을 가득 문 조시 아줌마는 사람들을 위해 꼬깃꼬깃한 봉지에 팝콘을 쏟아부었다. 그리고 음악이 흐르고 영화가 시작되었다.

영화가 끝나고, 우리는 벌거벗은 가지들 주위로 소용돌이치는 진눈깨비를 바라보며 집까지 걸어왔다. 갑자기 조시 아줌마가 말했다.

"눈물 나는 영화였어."

나는 영화를 떠올리며 고개를 끄덕였다. 뉴저지에 있는 작은 마을을 배경으로 크리스마스를 맞은 소년과 개에 관한 이야기였다.

"집에 개를 데려왔다간 헨리가 아주 기분 나빠하겠지?"

조시 아줌마가 옆에서 얼음이 언 웅덩이들 둘레로 미끄러지듯 움직이며 말했다.

"맞아요."

나는 점차 헨리에게 익숙해지고 있었다. 헨리는 이제 거의 매일 내 침대에서 밤을 보냈고 내가 발을 뻗지 않는 한 공격하지 않았다.

"하지만 우리에겐 크리스마스가 있어. 다락방에 가면 크리스마스 장식들과 진짜 나무는 아니지만 트리가 있어. 다락방은 본 적 없지? 보물들이 가득한 곳이지."

아줌마는 말을 멈추고 얼굴을 들어 속눈썹이 하얗게 될 때까지 담뿍 진눈깨비를 맞았다.

"다락방에 산타클로스 장식도 한 개 있어. 매년 베아트리스와 난 그걸 가장 먼저 나무에 매달아."

아줌마는 두 팔을 높이 들고 손은 우아한 동작으로 가볍게 내리고는 빙글빙글 돌았다.

다시 이상한 기분이 들었다. 모두가 집에서 다음날 학교 준비를 하거나 숙제를 하고 있었는데 나는 거리에서 노부인이 춤추는 것을 보고 있었다.

매일 밤 저녁 식사를 한 뒤 조시 아줌마와 거실에 앉아 있을 때를 생각하며 불안한 마음을 스스로 위로했다. 혀에서는 달콤한 초콜릿이 살살 녹고 발밑에는 대팻밥이 널려 있는 기억들을 떠올렸다.

"그걸로 충분해. 충분하고도 남지."

나는 머릿속으로 스티븐에게 말했다. 그리고 애써 엄마, 아빠, 오빠, 여동생이 함께 있는 내 W 그림을 생각하지 않으려고 했다.

네 번째 그림

아저씨의 산

나는 현관 계단에 앉아 산을 그리며 스티븐을 기다리고 있었다. 스티븐은 아저씨의 트럭 엔진에 달라붙어서 관이며 연결 부분들을 만지작거렸다. 그러면서 혼자 중얼거리는 것이었다.

"30초만 몰아 보게 해 줘도 뭐가 문제인지 정확히 알아낼 텐데."

그 집에서 생기는 싸움의 반은 스티븐이 트럭을 몰고 싶어 하는 것과 관계가 있었다. 스티븐은 이렇게 말하곤 했다.

"이 근처에서만이요. 그 뿐이에요. 대단한 일도 아니잖아요."

나머지 반은 스티븐이 자꾸 사라지는 것과 관계가 있었다. 그럴 때면 아저씨는 불같이 화를 냈다. 스티븐은 사슴 발자국을 따라 산길을 오르고 물총새를 찾아 배에 누워 정처 없이 표

류하기도 했는데 어딜 가든 나를 끌고 다녔다.

어느 날 저녁 식사 무렵 아저씨가 내 무릎 위에 상자 하나를 내려놓았다. 황갈색 가죽 상자 안에는 상상할 수 있는 모든 색깔의 색연필과 두툼한 스케치북, 지우개, 연필깎이가 들어 있었다. 나는 '프렌치 블루'라는 이름의 색연필을 하나 집어 들었다. 자줏빛이 도는 부드러운 빛깔의 파란색이었다.

"맘에 들어요."

나는 두 팔로 아저씨를 껴안고, 이런 선물을 받은 적은 한 번도 없었다고, 누구도 이런 선물은 받아 보지 못했을 것이라고 말하고 싶었지만 말하지는 않았다. 대신 나는 말없이 고개를 숙였다. 앞머리가 내려와 두 눈을 가렸다. 그러나 나는 아저씨가 내 마음을 이해하고 있다는 것을 알고 있었다.

아저씨는 미술가였지만 다른 종류의 미술가였다. 그가 그리는 원과 선과 사각형은 집과 빌딩을 짓는 설계도로 바뀌었다. 아저씨는 나처럼 그림을 잘 그릴 수 있으면 좋겠다고 말했다.

이제 스티븐은 이지 아줌마가 키우는 암탉들처럼 트럭 주변을 바삐 돌아다녔다. 안경은 머리 한쪽에 테이프로 고정되어 있었고 트럭을 만진 두 손은 더러웠다.

"서둘러, 홀리. 여기서 계속 꾸물거릴 시간이 없어."

나는 산 그림을 조심스럽게 상자 안에 집어넣었다. 이 여름이 지나면 아저씨에게 선물로 줄 생각이었다.

나는 여름이 끝나는 것을 생각하지 말자고 타일렀다.

스티븐과 나는 서로 경주하듯 길을 달려 다리를 지났다. 숨이 턱까지 찬 우리는 막상막하로 산길에서 멈춘 다음 다시 달리기 시작했다.

스티븐은 앞서 달려갔다. 산의 모퉁이에서 속력을 더 높이더니 갑자기 멈춰 섰다. 그러고는 땅에 코가 닿을 듯이 엎드려 "이것 봐, 홀리. 너구리 발자국이야."라고 하거나, "이 가지가 어떻게 잘린 건지 보여? 비버야. 산에서 개울이 흘러나오는 곳에 굴을 만들지."라는 말을 했다.

산에 관해서는 아저씨의 말이 옳았다. 산의 그늘진 곳은 진창이였기에 자칫하면 미끄러져 바로 강으로 빠지게 되어 있었다. 하지만 위험을 감수할 만한 재미가 있었다.

"우리 꼭대기까지 가는 거야?"

나는 그 말을 하고는 급히 입을 다물었다. 정말 그러길 바란단 말인가? 산더미같이 문제가 많은 내가 산 정상에 서고 싶다고?

스티븐이 고개를 저었다.

"아빠가 노발대발할 거야."

그리고 있지도 않은 턱수염을 쓰다듬으며 아저씨 목소리를 흉내 내며 말했다.

"돌들이 떨어지잖니, 스티븐. 생각을 좀 해."

중턱까지 올라가니 시야가 탁 트인 곳이 나타났다. 우리는 아래를 내려다보았다. 집이 보였다. 이지 아줌마가 토마토를 따고 있었고 우리는 아줌마가 우리를 볼 수 없음에도 손을 흔들 때까지 휘파람을 불며 신호를 보냈다.

그런 다음 바위에 주저앉아 스티븐은 주머니를 뒤져 찌그러진 초콜릿을 꺼냈다.

"반을 줘야 하는 거야? 넌 나보다 작잖아?"

스티븐이 물었다.

"다 줘. 작으니까 더 먹을 자격이 있지."

나는 스티븐에게 웃으며 말했다.

스티븐은 눈을 흘기며 두 개로 나뉜 초콜릿을 들어올렸다.

"아빠도 그렇게 하라고 말했겠지."

나는 알고 있었다. 어찌된 영문인지 아저씨는 내가 뛰어난 아이라고 생각했다. 왜 그렇게 생각하는 것일까? 나는 레몬 아줌마가 하던 말을 떠올리며 침을 삼켰다.

"거친 걸 원해? 내가 거친 게 뭔지 확실히 보여 주지."

그리고 누구였는지도 기억나지도 않는 어떤 사람은 말했었다.

"학기 반을 학교에 빠졌어. 그러고도 어떻게 무사할 수 있을 거라고 생각하니?"

그러나 아저씨, 이지 아줌마, 스티븐과 함께라면 나는 전혀 다른 사람이었다. 마치 성난 홀리스가 뼛속에서 빠져나와 달콤한 초콜릿 같은 부드러움만 남겨 놓은 것 같았다.

나는 아저씨가 나를 뛰어난 아이라고 생각하는 것에 스티븐이 신경을 쓰는지 걱정하며 스티븐을 바라보았다. 하지만 스티븐은 초콜릿 반을 떼어 내 망설임 없이 큰 쪽을 내게 주었다. 도무지 스티븐의 마음을 알 수가 없었다. 나는 한숨을 쉬었다.

그리고 배낭 속에 들어 있는 그림, 엄마, 아빠, 오빠, 여동생이 있는 W 그림을 생각했다.

나는 그 생각도 하지 말자고 스스로를 타일렀다.

조시 아줌마와의 시간

"손님이 올 거야."

조시 아줌마가 말했다.

나는 스케치북에서 고개를 들었다. 조시 아줌마의 포구에서 보았던 고깃배를 그리고 있는 중이었다. 배는 파란색의 가는 줄들이 하얀색 몸체를 장식하고 있었고, 뒤쪽에 '댄바-J'라는 이름이 필기체로 적혀 있었다. 그리고 갑판에 물을 뿌리고 있는 선장의 모습도 그렸다. 하지만 선장의 얼굴이 실제로 어땠는지 기억할 수가 없어서 허리를 구부정하게 굽히고 머리에 모직으로 된 방한용 모자를 쓴 그의 뒷모습만 그렸다.

"누가 오는데요?"

내가 물었지만 아줌마는 복도를 후닥닥 달려갔고 헨리가 그 뒤를 따랐다.

"오늘이 월요일 맞지?"

아줌마가 내 쪽을 향해 소리쳤다.

"맞아요."

나는 연필로 이리저리 선을 그어 그림자를 표현하며 대답했다.

"월요일이면 영화관이 문을 닫아. 그래서 사촌 베아트리스가 오지."

아줌마가 웃으며 말했다.

"깜박했어. 네게 얘기를 안 했구나. 베아트리스가 감기가 떨어지지 않아 고생했다고 한 건 기억나지?"

그래, 떨어지지 않는 감기. 다음번 결석 사유로 감기가 적격이었다. 나는 주방을 둘러보았다.

"여긴 먹을 게 별로 없잖아요."

아줌마가 주방으로 다시 돌아왔고, 입술에는 가늘게 빨간 줄이 그려져 있었다.

"그래. 하지만 베아트리스가 저녁거리를 가져와. 두고 보면 알아. 그게……."

아줌마가 양 입술을 가볍게 부딪쳤다.

"맛있을 거라고요?"

아줌마가 얼굴을 찡그렸다.

"그래 맛있겠지. 그런데 그게, 그게……."

나는 무엇인지 알아내려고 애쓰며 말했다.

"아, 스튜? 파스타? 대형 샌드위치?"

결국 아줌마가 고개를 저으며 말했다.

"그게 뭐였더라? 맛있는 거였는데……."

나는 그리던 그림을 끝내고 어떤지 보려고 조리대 위에 기대어 세웠다. 그 순간 뒷문이 열리는 소리가 들렸고, 베아트리스가 야단스럽게 들어왔다. 양 팔에는 봉지들이 매달려 있었고, 냄새는…….

"중국 음식이죠!"

내가 조시 아줌마에게 말했다.

"맞아. 우리가 항상 먹었던 중국 음식이야."

아줌마가 대답했다.

나는 접시와 칼와 포크를 꺼내 놓고 조시 아줌마는 음식을 떠서 그릇에 담았다. 캐슈 치킨, 무구가이팬(닭고기에 버섯, 채소를 넣어 만든 중국 요리), 두부 요리는 냄새만 맡아도 입 안에 침이 고였다.

어깨 너머로 베아트리스가 내 뒤에 서 있는 게 보였다. 베아트리스는 앞으로 몸을 숙이고 고개는 비스듬히 기울인 채 내 그림을 보았다.

"네가 그렸니?"

나는 고개를 끄덕였다.

베아트리스는 안경을 벗더니 안경다리 한쪽을 잘근잘근 씹었다.

"놀랍지 않아?"

베아트리스가 조시 아줌마에게 물었다.

"그 말로는 부족하지."

조시 아줌마는 환한 얼굴로 그렇게 말하고는 자신의 의자에서 헨리를 내려놓은 다음 자리에 앉았다.

새우 롤을 집으려는 순간, 베아트리스가 슬그머니 내 건너편 의자에 앉더니 내 접시에 밥을 떠 담았다. 손에는 여전히 그림을 들고 있었다.

"먹지 마."

베아트리스의 말에 나는 눈썹을 치켜 올렸다.

"아직 먹지 말라고. 네 그림들을 더 가져와 보렴."

나는 라일락 색 소파가 있는 조시 아줌마의 복숭아빛 거실로 들어갔다. 거실에 내가 그린 몇 장의 그림들을 압정으로 고정시켜 놓았다. 헨리와 펠리컨, 돌 방파제, 뒤뜰에 있는 조시 아줌마의 나무조각상들까지.

나는 압정들을 뽑아내고 그림들을 걷어 내 주방으로 가져갔다. 탁자 위에는 놓을 자리가 없어서 의자 하나를 더 빼서 그림들을 올려놓았다.

"이제 먹으렴."

베아트리스가 가장 위에 있는 그림을 집으며 말했다.

"잘 먹겠습니다."

나는 치킨 요리를 떴다. 숟가락에 가능한 한 많은 양의 치킨을 쌓았다.

베아트리스는 한 장 한 장 불빛에 비춰 보며 내 그림들을 다 볼 때까지 음식을 먹지 않았다. 조시 아줌마는 옆에서 연신 고개를 끄덕이며 들고 있던 포크로 선이나 형태를 가리키기도 했다.

마침내 베아트리스가 의자에 등을 기대고 앉았다.

"상상이 돼? 나는 이렇게 할 수 있는 사람을 한 사람도 본 적이 없어. 40년 동안이나 미술 선생님이었는데도 말이야."

"우리가 그렇게 오래 가르쳤어?"

조시 아줌마가 물었다.

"언니는 44년이야."

베아트리스가 손으로 머리를 쓸어내리며 말을 이었다.

"그렇게 오래 되었는데 내가 한 번이라도……."

"아니, 나도 없어."

조시 아줌마는 웃음 띤 얼굴로 한 손을 뻗어 내 손목을 만졌다.

베아트리스는 먹는 둥 마는 둥 포크로 음식을 찍어 입에 집어넣으며 쭉 나를 응시했다.

"우리는 원근법의 개념조차 없는 아이들, 설사 있다 해도

구도가 완전히 엉망인 아이들을 가르쳤지. 그 수업에 홀리스 네가 있기만 했어도……."

베아트리스가 고개를 흔들더니 조시 아줌마를 바라보며 웃음지었다.

"괜찮지 뭐. 네가 지금 여기 있으니까 말이야."

나는 입속에 있는 것을 삼킬 수가 없었다. 음식이 덩어리째 입 안에 자리하고 있어 그대로 삼키면 목에 걸려 버릴 것 같았다.

"고마워요."

나는 겨우 그렇게 내뱉었다.

두 사람은 내 눈에 맺힌 눈물을 바라보았다.

"치킨이 좀 맵지."

베아트리스가 말했다.

나는 간신히 고개를 끄덕이고 음식을 씹어서 삼켰다. 그러면서 아저씨가 한 말을 떠올렸다.

"어디서 그렇게 하는 걸 배운 거니?"

그리고 이지 아줌마가 말을 이었다.

"넌 진짜 타고난 재능이 있어."

저녁을 다 먹고 베아트리스는 내 그림들을 탁자 위에 펼쳐 놓았다. 카운터에 올려놓은 내 스케치북을 집어 들더니, 종이 한 장을 쓸 수 있는지 묻기라도 하듯 한 쪽 눈썹을 치켜 올렸다. 그리고 연필을 잡더니 바다 그림에서 그림자를 짙게 표현하는 방법을 보여 주었다.

"제 그림에 직접 해 주세요."

내가 말했다.

"안 돼지. 그건 네 세상이야. 네게 속한 것이지."

베아트리스는 연필로 숱 많은 머리채를 가르며 말했다.

"그림은 세상에서 네가 보는 것, 진정으로 보는 것을 그리는 거야."

"그렇겠죠."

나는 그녀의 말이 무슨 뜻인지도 정확히 모르면서 대답했다.

"그리고 때때로 네가 보는 것은 네가 무엇을 보고 있는지도 깨닫지 못하는 상태에서 네 머릿속 깊은 곳에 자리를 잡지. 하지만 일단 종이 위에 펼쳐지고, 네가 그것을 실제로 보게 되면 그 정체가 무엇인지 알게 되는 거야."

나는 심각한 얼굴이 되어 말했다.

"'한 가지 방법으로 그림을 보면 한 가지 것을 보게 되고 다시 보게 되면 또다른 것을 찾게 될지도 모른다.' 고 아저씨가 그렇게……."

나는 말하다 말고 고개를 저었다.

"제 친구가 그렇게 말한 적이 있어요."

"아, 그래."

베아트리스는 한쪽 눈과 숱이 많은 눈썹, 선명한 속눈썹을 손으로 만지며 말을 계속했다.

"그림에 세상이 담겨 있단다. 그러니 계속 세상을 바라보면서 진실을 찾아야 하는 거야."

베아트리스는 새끼손가락 하나로 눈썹을 문질렀다. 연필이 적당히 번져서 눈썹이 물음표에 가까운 곡선을 그리며 올라갔다. 다른 새끼손가락으로는 속눈썹을 문질러 부드럽게 만들었다.

나는 넋을 잃고 그 모습을 바라보았다. 베아트리스가 말했다.

"그리고 한 가지 더. 그림을 그리는 사람은 세상으로부터 숨어서는 안 돼. 왜냐하면 네 자신까지도 그림에 담아내야하니까."

"난 숨지 않아요."

나는 그녀에게서 눈길을 돌리며 말했다.

베아트리스가 웃음을 터트렸다.

"다행이구나. 네 영혼은 바로 내 앞에 있으니까 말이야."

그리고 스카프를 두른 조시 아줌마를 그린 내 그림을 가리켰다.

"이것 봐, 여기 네가 조시를 어떻게 생각하는지 나타나 있잖아."

베아트리스가 조시 아줌마를 향해 돌아섰다.

"이제 그 여행을 할 수 있을지도 모르겠네. 언니를 홀리스에게 맡겨 두고 말이야. 홀리스는 이미 언니를 사랑하는 것 같아."

조시 아줌마는 베아트리스가 무슨 말을 하는지 알지 못하는 것 같았다.

"여행?"

"남서부로 말이야."

아줌마는 그제야 고개를 끄덕였다.

"그래. 어딜 가나 흙벽돌집과 사막과 납작한 바위들이 있는 곳 말이지. 전부 다 그릴 거야."

베아트리스가 말했다.

나는 두 사람을 번갈아 바라보았다. 베아트리스는 다시 연필을 집더니 손에 여행 가방을 든 자신의 모습을 그리기 시작했다. 그러고는 다시 한 번 나를 바라보았다.

"넌 뭔가 돼도 될 거야. 너와 종이 위에서 네가 말하는 언어가 말이지."

그녀는 손을 흔드는 다른 쪽 손도 그려 넣었다.

"난 네가 말하려고 하는 것이 맘에 들어, 홀리스 우즈."

난 숨조차 제대로 쉬지 못한 채 앉아 있었다.

"넌 그걸 가졌어. 어느 누가 가진 것보다 더 대단한 것이지. 넌 운이 좋은 거야."

다섯 번째 그림

아저씨

나는 혼자뿐이라고 생각하고 현관 맨 아래 계단에 앉아 연한 복숭아빛 색연필로 아저씨를 그리고 있었다. 한 장 한 장 빠르게 그려 나갔다. 두 눈이 덮이도록 모자를 푹 눌러쓴 모습, 강가에 서 있는 모습, 해먹에서 잠들어 있는 모습을 차례차례 그렸다. 또 아저씨의 턱수염과 귀를 기울일 때면 앞으로 몸을 숙이는 모습도 그렸다. 나는 그런 아저씨의 모습을 모두 그림에 담아 이곳을 떠날 때 가져갈 생각이었다. 이곳을 떠나더라도 영원히 기억하기 위해서.

등 뒤로 부드럽게 휙 소리를 내며 덧문이 열리고 아저씨가 밖으로 나와 내 어깨너머로 그림을 들여다보았다.

"아, 홀리스! 어디서 그런 걸 배운 거니?"

나는 고개를 저었다.

"홀리스?"

나는 강 쪽을 바라보았다. 초록색 강과 강가에 서 있는 버드나무 한 그루가 보였다.

아저씨가 내 어깨에 손을 올려놓았다.

"보이는 그대로의 사물을 그릴 수 있다는 건 타고난 재능이야."

나는 꼼짝하지 않고 그대로 앉아 있었다. 지금껏 아무도 내게 그런 말을 해 주지 않았다.

"그리고 한 가지 더. 그림을 그리는 네 모습에서 빛이 나."

나는 아저씨를 올려다보았다. 힐끗 보고는 내 눈을 볼 수 없도록 재빨리 피해 버리고 마는 것이 아니라 진짜로 아저씨를 바라보았다.

"제 이름인……."

나는 그가 내 옆에 앉는 순간 입을 열었다.

"홀리스 우즈는 실제 장소예요. 홀리스우즈라고, 한 단어인 것 같아요."

나는 조금 어깨를 으쓱해 보이며 말했다.

"네가 애기 때 발견된 곳이 홀리스우즈라는 거지?"

옆에서 아저씨가 그 말을 했을 때 나는 소스라치게 놀랐다.

"한 살 때요."

나는 아무 상관없다는 투로 말했다.

"담요도 없이. 한 쪽 구석에서요."

아기라면 담요 정도는 있어야 하는 것 아니었을까?

"그리고 '아이를 홀리스 우즈라고 불러 주세요.' 라고 적힌 쪽지 한 장이 전부였대요."

언젠가 그 장소에 가 본 적이 있었다. 황갈색인가 초록색 집, 아니면 벽돌집이었나? 그 가운데 하나에서 도망쳤을 때였다. 나는 지하철을 타고 퀸즈 부근을 돌다가 다시 버스로 갈아타고 그곳이 나올 때까지 찾아다녔다. 그리고 마침내 그 장소를 발견했다.

겨울이라 황량하기만 했지만, 집들은 예뻤다. 그러나 우즈(woods, 숲이라는 뜻)라고 했으나 숲이 있는 걸 보지 못했다. 나는 새들이 지저귀고 태양이 빛나는, 내가 태어난 봄날을 상상하려고 애썼다.

작은 배를 탄 스티븐이 시야에 들어왔다. 나는 아저씨에게 말했다.

"전 학교를 자주 빼먹어요. 모두들 절더러 거칠대요. 문제아라고들 해요."

아저씨가 목구멍 깊은 곳에서 소리를 냈다.

"스티븐은 뛰어난 아이예요."

아저씨는 놀란 듯 보였다. 나는 아저씨가 뭔가 이야기하지 않을까 하고 기다렸지만 그때 스티븐이 둑 가장자리에 늘어선 바위에 배를 세게 부딪쳤다.

아저씨가 또다시 소리를 냈다.

"조심해, 스티븐."

"물총새가 강 아래 가지에 앉아 있어요."

스티븐이 큰소리로 외쳤다. 우리는 배가 있는 곳으로 내려가 그 위에 올라타고 새를 보러 갔다.

조시 아줌마와의 시간

"강을 건너고 숲을 지나서……."

어느 날 아침을 먹으며 조시 아줌마가 노래를 불렀다. 늦은 아침 식사였다. 전날 밤늦도록 흑백 영화를 보았다.

"할머니 댁으로 가요?"

나는 아줌마에게 가사를 알려 주며 시리얼 한 조각을 식탁 위에 앉아 있는 헨리의 코앞에 떨어뜨렸다. 헨리가 위협적으로 앞발 하나를 들자 나는 얼른 뒤로 물러섰다.

조시 아줌마는 여전히 고개를 숙인 채 손을 털었다. 아줌마는 오크 나무로 내 나무조각상을 만들고 있었다. 안쪽 연하고 매끄러운 속살이 나타날 때까지 껍질을 벗겨 내고 있었다. 머리는 있지만 아직 제대로 형태가 잡히지 않아 코 부분만 조그맣게 튀어나와 있을 뿐이었다.

조각상을 바라보는 나를 향해 아줌마가 말했다.

"한 번에 조금씩. 얼굴은 마지막이야. 내가 널 충분히 안다고 확신이 들 때 완성이 될 거야."

나는 아무 말도 하지 않았다. 대신 손가락 하나로 헨리의 등을 쓰다듬었다. 헨리는 두 눈을 감은 채 그르렁 소리를 내었는데, 내가 자신을 쓰다듬었다는 것을 모르는 것 같았다.

"강을 건너고……."

조시 아줌마는 즐거운 표정으로 의자에서 몸을 흔들며 다시 노래를 시작했다.

그래, 물. 바다를 보러 갈 생각이었다. 우리는 이번 주에만 두 번 바다에 갔었다. 11월의 끝자락에 보는 바다는 색다른 느낌이었다. 나는 항상 바다를 여름철에 보는 것으로 생각했었다. 나는 개수대에 찻잔들을 넣고 그 위에 물을 뿌렸다. 그리고 조시 아줌마가 나무 옆 부분을 잘라 내고 천천히 부스러기를 불어 내는 동안 카운터에 기댄 채 기다렸다.

그리고 나가려고 자리에서 일어나던 아줌마가 갑자기 멈춰서서 창문 밖을 내다보았다.

"누가 오는데?"

나는 슬쩍 밖을 내려다보았고 회색 차가 아줌마 집 차도로 들어오는 것을 보았다. 겨자녀가 나를 살피러 왔던 것이다.

내 잘못이야. 나는 속으로 되뇌었다. 학교에 가는 대신 여기

이렇게 있으니 말이다. 낫지 않는 감기라는 게 이번 결석 사유서였다. 나는 감기를 이겨 낼 수 없었던 것이다.

"때가 아니네요."

내가 아줌마를 향해 노래를 부르듯 말했다.

아줌마도 내게 웃음지으며 노래를 불렀다.

"그리고 장소도 아니고?"

나는 아줌마의 울 모자와 스카프, 그리고 베일이 달린 갈색 모자를 집어 들었다.

"대접이고 뭐고 바다나 보러 가요."

나와 조시 아줌마는 가능한 한 조용히 움직여 뒷문으로 빠져나갔다. 마치 게임 같았다. 우리는 아줌마의 나무조각상 정원을 지나 숲을 통과해 길을 가로질렀다.

한참 동안 우리는 추위 속을 걸었지만 추위를 막아 줄 재킷을 가지러 가려고 걸음을 돌리지는 않았다. 공기가 다른 것을 느끼고 바다의 강렬하면서도 달콤한 냄새를 맡게 되었을 때 우리 둘 다 벌벌 떨고 있었다.

우리는 부두 위로 올라갔다. 이렇게 늦은 아침 시간이면 고깃배들은 모두 바다로 나가고 없었다. 이제 그 가운데 몇몇 배들은 낯이 익었고, 멀리 수평선 근처에 떠 있는 작은 배 두 척을 볼 수 있었다. 나는 계속 회색 차를 생각하며 어떻게 할지 결정하려고 애썼다. 나는 몸을 숙여 조개껍데기를 주웠다. 가장자리가 깨져 있긴 했지만 예쁜 색깔이었다. 마치 햇빛을 받아 반짝이는 바다 같았다.

"행운이 올 거야."

조시 아줌마가 말했다. 나는 그것을 청바지 주머니에 집어넣고는 고개를 끄덕였다. 우리에겐 행운이 필요했다.

조시 아줌마는 벌써 내 곁에서 저만치 떨어져 있었다. 내가 돌아서자 방파제 위에 엎드려 있는 아줌마가 보였다. 한 손으로 모자가 벗겨지지 않도록 붙잡고 있었고, 스카프 끝자락이 늘어져 물 위에 떠 있었다. 저러다 넘어가는 게 아닌가 하는 생각이 들 때까지 조시 아줌마는 몸을 꿈틀거리며 점점 아래로 내려갔다. 그리고 마침내 부두의 기둥들에 부딪혀 생긴 물거품에 손을 집어넣었다.

잠시 후 몸을 일으킨 아줌마의 손에는 몇 가닥의 해초가 쥐어져 있었다. 몇 센티미터는 되어 보였고, 가장자리는 고불거렸으며, 모래 빛깔을 띠고 있었다. 조시 아줌마는 나를 보며 웃음지으며 내 머리 높이까지 해초를 들어올렸다.

"그럴 줄 알았다니까. 거의 일치해."

나는 아줌마가 내 나무조각상에 쓰려고 해초를 건져 냈다는 것을 깨닫고 고개를 끄덕였다. 그 순간 아저씨가 내게 주었던 화구 상자가 생각났다. 색을 찾으려고 얼마나 자주 색연필을 들었다 놨다 했는지.

그 화구 상자는 아직도 브랜치스에 있는 집에 있을까?

나는 등 뒤로 부두의 나무 바닥을 지나는 타이어 소리를 듣고 몸을 돌렸다. 겨자녀였다.

그녀는 우리 앞에 바짝 붙여 차를 세우고는 창문을 내렸다.

"왜 학교에 안 간 거지?"

"학교?"

조시 아줌마가 당황한 표정으로 물었다.

나는 물론 대답하지 않았다. 이미 오래전에 입을 닫고 있는 법을 배웠던 것이다. 나는 마음속 깊은 곳에서 스스로를 작은 매듭으로 단단히 묶고는 다른 뭔가를, 뭐든 다른 것을 생각하려고 노력했다.

"차에 타거라. 지금 당장 학교에 데려다 줄 테니."

겨자녀가 말했다.

이제 고깃배 한 척은 시야에서 거의 사라지고 없었다. 보이는 것이라고는 바늘처럼 가는 돛대 끝부분뿐이었다. 언젠가 배에 타고 싶다는 생각을 했다. 그래서 육지를 돌아보는 느낌이 어떤지 알고 싶었다. 나는 부두 끝에 쳐진 난간을 힐긋 바라보았다. 매우 낮아서 배에서는 보이지도 않을 것이다.

"학교. 물론 가야지."

아줌마가 내 어깨에 손을 올려놓았다. 해초를 든 손이었다. 부드럽게 할퀴는 듯한 느낌이 피부에 닿았다.

조시 아줌마는 아무것도 신지 않은 맨다리였다. 가느다란 핏줄이 거미줄처럼 훤히 보였고 아줌마의 신발은 눈과 물보라에 흠뻑 젖어 있었다. 나는 겨자녀가 그 모습을 보는 것을 원치 않았다.

나는 차의 뒷문을 열고 조용히 차 안으로 들어갔다. 눈으로 차를 쫓는 조시 아줌마를 남겨 둔 채 차가 출발했다. 아줌마는 머리를 살짝 기울이고 내게 손을 흔들었다. 손에 든 해초가 바람에 날렸다.

"대체 여기서 뭘 하고 있는 거야? 수업이 있잖아?"

겨자녀가 물었다.

나는 혀로 입술을 핥으며 내가 할 수 있는 최고의 거짓말을 생각해 내려 애썼다.

"아줌마에게는 오늘이 휴일이라고 말했어요. 교사 회의가 있다고요."

겨자녀가 고개를 저었다.

"그 말을 믿더란 말이지? 이 문제는 나중에 다시 논의하게 될 거야."

나는 주머니에 손을 집어넣어 조개껍데기를 꽉 쥐었다. 내 생애 처음으로 정말 학교에 가야 한다는 생각을 했다. 조시 아줌마 집에서 계속 지내고 싶다면 그래야만 했다.

조시 아줌마와의 시간

어느새 나무조각상 머리에는 바짝 마른 해초가 머리카락처럼 덮여 물결쳤다. 조시 아줌마는 콧노래를 흥얼거리며 주방 탁자에서 몇 시간을 내 조각상에 매달려 있었다. 쟁반에 담긴 작은 조각칼들이 아줌마 앞에 펼쳐져 있었다.

12월의 월요일이었다. 늦은 오후인데도 밖은 벌써 어두웠다. 오늘 저녁은 중국요리가 아니었다. 내가 이지 아줌마에게 배운 요리를 만들고 있었다. 이지 아줌마는 그때 내게 환하게 웃으며 '특별 만찬'이라고 말했다. 다진 고기, 케첩, 우스터소스, 치즈를 뜨거운 롤 위에 올렸다. 그리고 샐러드와 제과점용 설탕을 뿌린 파운드케이크가 준비되었다.

오늘 특별 저녁 만찬을 먹기로 했다. 베아트리스가 다음날 아침 뉴멕시코로 떠나, 그곳에서 흙벽돌집과 사막을 그리게 되었기 때문이었다.

"기분 내키면 돌아올 거야. 돈이 다 떨어져도 돌아올 테고. 내가 돌아올 때까지 영화관은 문을 닫을 거야."

베아트리스는 말했다.

나는 일주일 내내 가슴에 통증을 느꼈다. 나는 겨자녀가 어떻게 하는지 확인하게 될 날을 기다리고 있었다. 학교는 괜찮았다. 나는 계속 책에 얼굴을 박고 있었고 두 개의 시험에서 A를 받았으며 여전히 친구는 없었다. 그러나 겨자녀가 조시 아줌마와 5분 이상만 이야기를 해도 아줌마에 관해 알게 될 게 분명했다. 내가 그토록 머물고 싶어한다는 것이 이상하기만 했다. 어쩌면 조시 아줌마에게 내가 필요했기 때문인지도 모르겠다. 전에는 누구도 나를 필요로 한 적이 없었다. 원한 적은 있었나? 내 머릿속 목소리가 물었다. 아저씨는 나를 원했었다. 나는 스스로에게 말했다. 이지 아줌마도 그랬고 스티븐도 그랬다. 그런데 왜?

그 일은 생각하지 말자. 조시 아줌마 생각만 하자.

"건망증이 조금 있는 거지. 아마 그건 나이 때문일 거야."

베아트리스는 그렇게 말했다. 그러나 아줌마가 항상 그러는 것은 아니었다. 어느 날 오후 조시 아줌마는 내가 내 스케치북에 조그맣게 그림을 그리는 것을 지켜보며 말했다.

"뭔가 기억나는 게 있어."

그러고는 빨간 손톱 하나로 아랫입술을 톡톡 두드렸다.

"다락방에 종이가 있어. 여러 해 동안 본 적은 없어. 아버지가 쓰시던 걸 거야."

나는 계단을 올랐다. 그러고는 몸을 구부린 채 천장이 낮은 다락방을 이리저리 살폈다. 가방들과 바구니들을 넘고 멈춰 서서 종이처럼 얇은 크리스마스 장식들과 노랗게 색이 바랜 가죽 장갑이 담긴 상자들을 들여다보았다. 그리고 마침내 아줌마가 말한 것을 찾아냈다. 회색의 낡은 종이들이 다발로 쌓여 있었다. 나는 두 손으로 종이를 쓰다듬으며 아저씨가 화구 상자를 주었던 날을 생각했다.

종이를 들고 다시 계단 있는 곳으로 오는데, 조시 아줌마가 아래에서 큰소리로 외쳤다.

"거기 보면 이젤도 있어."

베아트리스가 빠른 걸음으로 걸어오는 게 보였다. 미용실에서 머리를 매만졌는지 강렬한 분홍색으로 한층 부풀어 있었다. 머리와 같은 색깔을 손톱에 칠했고, 커다란 핸드백도 분홍색이었다.

우리는 베아트리스를 위해 조시 아줌마가 가진 가장 좋은 접시에 파운드케이크와 다른 요리들을 담아 식탁에 차렸다. 그리고 뒤뜰의 나무들 뒤로 어스레한 12월의 태양이 지는 것을 바라보며 함께 식사를 했다. 조시 아줌마가 뭔가를 가지러 안으로 들어간 사이, 베아트리스가 내 쪽으로 몸을 기울였다.

"언니를 부탁해."

나는 베아트리스에게 겨자녀와 입양기관에 관해 이야기를 할까도 생각했지만 그러다 조시 아줌마가 들어오기라도 하면 어떻게 한단 말인가?

베아트리스가 찡그린 내 얼굴을 보고는 말했다.

"내가 가지 말아야 하는 건지도 모르겠다."

"조시 아줌마 말로는 평생 동안 꿈꿔 온 여행이라면서요."

"하지만……."

"가세요."

나도 갈 수 있으면 좋겠다는 생각을 하며 말했다. 뉴욕 주를 통과하는 쇼트라인 버스를 타고 내가 처음 스티븐과 아저씨를 만나고 식당에서 체커를 했던 다시 그 초여름으로 되돌아 가고 싶었다. 그리고 다시 시작할 것이다. 무엇이든 다르게 할 것이다.

무엇이든.

하지만 대신 여기서 잘해야겠지. 조시 아줌마와 함께 지내며…….

"제가 잘 돌봐 드릴게요."

나는 속삭이듯 말했다. 어떻게든, 나는 머릿속으로 말했다.

베아트리스는 내 그림 한 장을 뒤집었다.

"내 전화번호를 여기 적어 둘게."

그녀가 내 손을 쓰다듬었다.

"처음 서너 주는 거기 없을 거라 연락이 안 될 수 있어. 여기저기 여행을 다닐 거거든. 하지만 만약에 대비해서 전화번호를 남겨 둘게."

베아트리스는 종이 위에 또박또박 번호들을 적고, 조시 아줌마가 주방으로 돌아오자 종이를 뒤집어 내 다른 그림 하나를 집어 들었다.

저녁을 먹는 내내, 머릿속으로 전화번호를 계속 되뇌었다. 나는 그 번호를 잊지 않고 확실히 기억하고 싶었다.

여섯 번째 그림

트럭을 몰다

나는 이 그림을 아무에게도 보여 주지 않았다. 황금빛 벌판이 있고, 나는 고개를 뒤로 젖히고 웃음을 터트리며 두 손으로 트럭의 핸들을 잡고 있다. 그림을 그리는 데는 너덧 색깔의 색연필이 필요했다. 나는 먼저 녹색을 시작으로 회색, 모래색을 사용해 그림을 그리기 시작했다. 그 토요일 밤은 특별했다.

이지 아줌마와 아저씨는 영화를 보러 시내에 가기로 했다.

"로맨스 영화라니, 황금 같은 저녁 시간을 허비하는 거야."

아저씨는 나를 향해 눈썹을 찡긋거리며 말했다.

"맘에 들 거예요, 존. 찬장과 냉장고에 간식거리가 있을 거야. 사방에 먹을 게 있으니 굶어 죽지는 않을 게다."

이지 아줌마가 말했다. 그리고 문밖으로 몸을 내밀며 한마디 덧붙였다.

"그리고 내 화장대에 위에 사탕도 있어."

스티븐이 사팔눈을 하고는 말했다.

"너무 시큼해서 혓바닥이 말릴 정도라고요."

"난 아니야."

나는 여름 내내 그 사탕을 먹었던 것이다. 자꾸 먹어도 질리지 않았다.

"그건 왜 그러냐면……."

스티븐이 입을 열었고, 그가 내 톡 쏘는 성질에 관한 농담을 하려고 했다.

그러나 그때 아저씨가 문을 열고 나왔다.

"창고에 네가 어질러 놓은 것들이 보이더구나. 네 방으로는 부족한 거야? 깨끗이 치워 놓도록 해."

"갑자기 왜 잔소리를 하는 거예요?"

"홀리가 얼마나 깔끔하게 물건을 정리하는지 못 봤어?"

나는 생각할 겨를도 없이 손을 번쩍 들었다.

"제발 그런……."

말을 꺼내기는 했지만 숨소리처럼 자그마한 소리였다. 아무도 내 말을 듣지 못했거나, 아니면 들었어도 크게 신경 쓰지 않는 듯했다.

스티븐은 매우 천천히 의자에서 몸을 일으켰고 그래서 움직이는 것처럼 보이지도 않았다.

"가만있어 봐, 홀리스 우즈."

스티븐은 아저씨가 집 밖으로 나가 차에 시동을 거는 소리가 들리자 그렇게 말했다.

"5분 안에 여길 뜰 거야."

"어딜 가는데?"

스티븐은 이미 창고로 달리고 있었다.

나는 자리에 가만히 앉아 스티븐이 물건들을 이리저리 던지는 소리를 들었다. 몇 분 뒤 스티븐이 돌아왔다.

"내가 운전하는 법을 가르쳐 줄게. 다행히 부모님이 트럭 대신 자동차를 타고 갔잖아."

스티븐이 내 코앞에 열쇠를 달랑달랑 흔들었다.

"자기 물건들을 정돈하며 살균 소독까지 하는 사람이라면 트럭을 몰 수 있어."

"내 생각에는……."

"무서워?"

"전혀."

"좋아. 논쟁으로 내 소중한 시간을 낭비하지는 마."

상록수들과 홀리 수풀이 있는 뒤쪽은 평평한 들판이었다. 여름이면 닥치는 대로 공격하는 방울뱀이 숨지 못하도록 아저씨가 베어 낸 곳이었다.

"걱정하지 마. 100년 동안 물린 사람은 없으니까. 아빠는 매사가 다 걱정이지."

스티븐이 트럭에 올라타며 말했다.

스티븐은 마치 오랫동안 운전을 해 왔던 사람처럼 능숙하게 차를 몰았다. 그리고 조수석에 앉아 있는 나를 향해 싱긋 웃어 보였다.

"여덟 살 때부터야."

스티븐은 내가 무슨 생각을 하고 있는지 안다는 듯 그렇게 말했다.

"언젠가는 산 위까지 트럭을 몰아 볼 작정이야."

그는 기어를 움직이고 페달을 밟는 법을 내게 보여 주고는 나와 자리를 바꿔 앉았다. 그래서 그날 저녁, 어스름한 빛 속에서 트럭을 몰게 되었다. 내가 갑자기 차를 출발시키자 엔진이 멎어 꼼짝 못하다가 끽끽거리는 기어 소리를 내며 차가 서서히 움직였다. 그러는 내내 스티븐은 큰소리로 내게 지시를 내렸다.

"아하, 홀리, 네게도 희망이 보인다. 그럴 줄 알았다니까."

나는 조금 더 세게 가속 페달을 밟았다.

"야호, 내가 트럭을 운전하고 있어."

조시 아줌마와의 시간

으스스하게 추운 어느 화요일 아침, 나는 자리에서 일어나 커튼을 걷었다. 회색 하늘을 배경으로 나무들이 흑색의 흐릿한 윤곽으로 보였다. 조시 아줌마는 앞으로 한 두 시간 안에는 일어나지 않을 게 분명했다. 나는 지난밤 숙제를 하지 않았다. 숙제는 생각조차 나지 않았다. 조시 아줌마가 주방 탁자에서 작업을 하는 동안 나는 헨리와 나란히 소파에 앉아 텔레비전을 보다가 잠이 들었다.

아직 내게는 풀어야 할 여러 수학 문제가 있었다. 서너 페이지는 되었다. 그리고 영국의 탐험 항해가인 헨리 허드슨에 관한 사회 작문 숙제도 있었다.

나는 당장 그 숙제들을 할 수 있을지 고민했다. 이른 시간이었다. 나는 빵을 토스터기 안에 툭 떨어뜨려 넣고는 헨리에게는 연어 통조림을 따 주었다. 그러나 정작 헨리는 통조림 냄새를 맡고는 자리를 떴다.

"널 이해할 수가 없어."

나는 네모난 토스트에 버터를 발라 헨리에게 주었다. 그러고는 선반에서 내 책들을 꺼낸 다음 조시 아줌마의 뜨개 숄 가운데 하나를 몸에 두르고 식탁에 앉았다.

라디오를 켰다. 크리스마스까지는 2주가 남았고 북쪽에는 15센티미터의 눈이 왔다.

아, 스티븐이 있는 곳에도 눈이 내렸겠구나. 가족들은 벌써 일어났을까? 핸콕에 있는 집에서 아침을 먹고 있을까? 만약 내가 거기 있다면, 숙제를 하면서 이지 아줌마의 사과 팬케이크를 먹겠지? 어떤 기분일까?

라디오 아나운서가 7시 57분에 롱아일랜드는 안개 낀 날이 될 것이라고 말했다.

나는 첫 번째 수학 문제 페이지를 끝마쳤다. 30분 안에 나머지를 모두 풀 수는 없었다. 헨리 허드슨이 강을 거슬러 항해한 것은 말할 것도 없었다.

어쩌면 하루를 더 쉴 수 있을지도 몰랐다. 하루만 더. 나는 재킷과 내 스케치북을 챙겨서 뒷문으로 나갔다. 헨리도 나올 수 있도록 문을 잡아 주었다. 이런 날 아침의 포구는 안개가 물 위로 피어올라 멋질 게 분명했다. 부두를 향해 천천히 달려

가는 동안에도 내내, 나는 그게 실수라는 걸 알았다. 그러나 멈추지 않았다.

나는 부두에 도착해 자리에 앉았다. 추위 때문에 두 손은 주머니에 넣어 꼭 쥐고 다리를 흔들며 바다로 나갈 준비를 하는 '댄바-J' 어부를 지켜보았다. 그는 나를 알아보았고 내게 손을 흔들었다. 지난주에는 벤치에 가자미 한 마리도 놔두었다. 나는 그것을 팬에 버터를 조금 둘러 구웠고 조시 아줌마는 파티라도 하는 것처럼 먼지 쌓인 핑크색 양초 두 개를 식탁 위에 놓았다.

헨리도 자신의 몫을 맛있게 먹었다. 라디오 위에 있는 헨리 앞에 그의 접시를 내려놓자 헨리는 나를 할퀴지 않았다. 난 기뻐하며 말했다.

"아하, 넌 주는 걸 받기 위해서라면 뭐든 하는 녀석이구나."

나는 이제 안개가 그 손가락들을 펼쳐서 물 위를 떠도는 것을 지켜보았다. 헨리는 지저분한 다리 한쪽을 핥으며 근처에 앉아 있었다. 내가 좋아하는 날이었다. 나는 부두 끝을 볼 수 없었고, 그쪽에서도 나를 볼 수 없었다. 그러나 '댄바-J' 어부가 말하는 소리는 들을 수 있었다.

"일을 해 볼래?"

그도 학교는 염두에 없었다.

일이라고? 왜 아니겠는가? 돈이 있으면 고양이 사료를 살 수도, 라비올리 통조림 몇 개를 살 수도 있었다. 회벽 집에 살 때 이후로 라비올리를 먹지 못했던 것이다.

나는 고개를 끄덕였고 어느새 '댄바-J' 갑판에 물을 뿌리고 있었다. 나는 말라서 늘러 붙은 고기 조각들을 철사 브러시로 문지르면서도 마음속으로는 벌써 돈을 쓰고 있었다.

그는 꼬깃꼬깃한 지폐 세 장을 내게 주었다. 나는 지폐의 주름을 피고는 그에게 손을 흔드는 둥 마는 둥 흔들었고, 그는 주머니에 손을 넣어 지폐 한 장을 또 꺼내 주었다.

나는 서둘러 조시 아줌마에게 돌아가고 싶었다. 아줌마는 스카프를 목에 두르고 야단스럽게 모자를 고를 것이다. 그리고 우리는 물건을 고르며 식료품점 통로를 누비게 될 것이다. 라비올리와 헨리를 위해 잘게 다진 참치가 든 분홍색 통조림을 살 것이다. 남아 있는 머핀과 함께 먹을 마멀레이드를 사게 될지도 모른다.

나는 숙제, 학교, 심지어 겨자녀도 모두 잊고 있었다. 헨리와 나는 안개가 걷히고 태양이 나무들 뒤에서 나타날 무렵 집으로 향했다. 오늘은 돌방파제에서 소풍을 즐기기에 좋은 날이었다.

나는 뒷문을 여는 순간 그 자리에 멈춰 섰다.

"9시 30분 현재 뉴욕 북부에서는 눈이 내리고 있습니다."

라디오에서 흘러나오는 뉴스 앵커의 목소리 너머로 거실에서 다른 목소리들이 들려왔다.

헨리도 그 소리를 들었는지 뒤쪽으로 달아나 바깥 벤치에 앉았고 마른 얼굴에 성난 표정을 지어 보였다.

나는 순간 헨리와 함께 달아날까 생각했다. 누구인지 짐작이 되었던 것이다. 하지만 어떻게 조시 아줌마를 그녀와 단둘이 남겨 둘 수 있단 말인가? 달아나는 대신 재킷을 벗고 스케치북을 탁자 위에 올려놓았다. 그리고 턱을 들고 거실로 갔다.

겨자녀는 라일락 색 소파에 앉아 있었고 조시 아줌마는 그 맞은편 의자에 앉아 있었다. 둘 다 손에는 커피 잔을 들고 있었다.

나는 '잘했어요, 아줌마.'라고 생각했다. 아줌마의 커피는 훌륭했다. 광고에서 선전하는 것과 같이 진하고 풍부한 맛이었다.

나는 겨자녀를 향해 고개를 끄덕이고 창문을 향해 놓여 있는 세 번째 의자에 털썩 주저앉았다. 그리고 앞마당에서 뭔가 멋진 일이 있기라도 한 듯 창밖을 응시했다.

그 둘은 고전 영화와 거실에 사용된 멋진 색깔들에 관해 이야기를 나누었다. 그리고 커피에 관한 이야기를 나누었다. 그러는 동안 내 심장은 계속 두근거렸다. 얼굴을 보지 않고도 겨자녀가 애써 대화를 이어 나가고 있다는 것을, 정작 말하고 싶은 것이 따로 있다는 것을 나는 알 수 있었다.

겨자녀는 운동복을 입고 있었다. 다른 옷을 입기는 할까? 가슴 부분에 둥글게 얼룩이 묻어 있는 것이 보였다. 커피를 흘린 것이다. 그건 그렇고 무슨 일로 온 것일까?

언제나처럼 입술에 빨간색 립스틱을 칠하고 바다처럼 부드러운 초록색 드레스를 입은 아줌마는 멋있었다. 그러나 나는 아줌마가 어둠 속을 헤매고 있다는 것을 알았다. 조지 아줌마는 맞은편에 앉아 있는 여자가 누구인지도 몰랐던 것이다.

마침내 겨자녀가 들고 있던 컵을 내려놓았다.

"홀리스, 내가 널 학교에 못 가게 잡아놓고 있구나."

나는 손사래를 쳤다. 상관없어요.

겨자녀는 다시 조시 아줌마를 바라보았다.

"캐힐 부인, 홀리스에게 다른 곳을 찾아 주는 이야기를 해야 할 것 같아요."

조시 아줌마가 자세를 고쳐 앉았다. 커피 잔을 잡고 있는 아줌마의 두 손이 조금 떨리는 게 보였다. 입술 역시 떨렸다.

"홀리스가 떠나게 되나요?"

두 사람이 모두 나를 바라보았다. 겨자녀가 입을 열었다.

"홀리스에게 맞는 가족을 찾았어요. 엄마와 아빠, 세 살 된 남자아이와 개가 있는 집이에요."

겨자녀는 계속 앞으로 몸을 숙이며 내가 자신을 쳐다보도록 애썼다.

"홀리스, 내 기억으로는 네가 개를 좋아한다고 한 것 같은데."

"상어예요. 그리고 창꼬치요. 개가 아니고요."

"가족이라니 좋겠네요."

조시 아줌마가 말했다.

너무 늦었어요. 나는 속으로 생각했다.

"오늘, 당장이 아니야. 며칠 걸릴 거야. 난 네가 먼저 그 가족을 만나 봤으면 해. 여기서 그리 멀지 않은 곳에 살아. 가끔 보고 싶을 때 캐힐 부인과도 왕래할 수도 있을 거야."

겨자녀는 그 말을 하고는 자리에서 일어났다.

"또 연락하마. 지금 학교까지 태워다 줄까?"

나는 고개를 저었다.

"걸어갈 수 있어요."

그녀가 가려고 돌아섰다.

"그건 그렇고, 등에 스티커가 붙어 있네요. X-L이라고요."

겨자녀는 고개를 돌려 등 뒤를 보려고 애썼다.

"특대."

나는 심술궂게 그렇게 말했다.

일곱 번째 그림

이지 아줌마

나는 이지 아줌마의 사탕 두 개를 입에 넣고 집 옆을 돌아 걷고 있었다. 나는 듣겠다는 생각, 일부러 엿듣겠다는 생각은 더더욱 없었다. 평소 그런 짓을 많이 하긴 했다. 나는 복도에 가만히 서서 회벽 집 여자가 친구에게 전화로 무슨 말을 하는지 엿들었다. 사회과나 사회 태도에서 받은 재앙 같은 점수가 얼마인지 보려고 선생님 책상 위에 있는 종이들을 넘겨봤다. 학교 운동장에서는 반 친구들 옆을 지나며 나에 대해 어떤 말을 하는지 알아내기도 했다.

그러나 이번에는 내가 그린 그림을 주려고 아줌마를 찾았다. 이지 아줌마가 팬케이크를 공중으로 날려 내 접시에 올려놓는 그림이었다. 아줌마의 팬케이크는 훌륭했다. 달콤한 사과 조각들로 덮여 있었고 아무리 먹어도 질리지 않아 6개 정도는 거뜬히 먹었다. 그림 속에서 이지 아줌마는 웃고 있었고 한 손에는 주걱을 들고 주방 벽에 붙은 '요리사를 사랑해요' 라는 십자수 액자 바로 아래 서 있었다.

그러나 나는 그 글귀를 바꿔서 '나는 정말 요리사를 사랑해요' 라고 적었다. 가장 연한 분홍색으로 '나는 정말'을 그려 넣어서 자세히 보지 않으면, 눈을 크게 뜨고 보지 않으면 있는지도 몰랐다.

어느 날 오후 이지 아줌마와 나는 언덕 위에 있는 오래된 공동묘지로 걸어 올라갔다. 그곳에 아줌마의 부모님이 묻혀 있었다. 우리는 하얀색 데이지와 '앤 여왕의 레이스'(야생 당근꽃)라는 이름을 가진 꽃을 따서 아줌마 부모님의 무덤 옆에 있는 작은 묘석 앞 꽃병 안에 꽂았다. 이지 아줌마는 맨 아래 비문을 쓰다듬었다.

조셉 리건, 생후 6일

아줌마가 입을 열었다.

"난 항상 아이를 더 원했어. 나와 존과 스티븐을 위해서 말이야."

아줌마가 묘석을 쓰다듬었다.

"집 안 곳곳에 아이가 있길 원했지. 하지만 이 아이 이후로는 그런 일은 일어나지 않았어."

언덕을 내려오자 아저씨가 스티븐에게 호통치는 소리가 들렸다.

"항상 저렇게 싸우나요? 아니면……."

나는 잠시 뜸을 들이고는 마치 신경 쓰지 않는다는 듯, 그다지 중요하게 생각하지 않는다는 듯 말하려 애쓰며 입을 열었다.

"제가 여기 있어서 그런 건가요?"

이지 아줌마가 나를 보며 씩 웃었다.

"확실히 이번 여름에 더 심해진 것 같긴 해. 하지만 자신들 스스로 해결책을 찾아야지."

나는 며칠 동안 그 '이번 여름에 더 심해진'이란 말을 두고두고 생각했다. 집 안에서 아저씨와 아줌마의 목소리가 들려왔다. 처음부터 엿들으려고 한 게 아니라 아줌마에게 그림을 보여주려 가려다 목소리가 들려 발걸음을 멈췄다.

"어떻게 그 아일 보낼 수 있겠어요?"

이지 아줌마는 그렇게 말하고 있었다.

"그럴 순 없지."

아저씨가 말했다. 내 심장이 세차게 고동을 쳐 금방이라도 가슴 밖으로 튀어나올 것 같았다.

M으로 시작하는 엄마. 나는 생각했다.

"그 아인 이제 우리 가족이에요. 스티븐도 그렇게 느끼고요."

이지 아줌마가 말했다. F로 시작하는 가족, G로 시작하는 여자아이, S로 시작하는 여동생, W로 시작하는 원하다, W로 시작되는 '사랑스럽지 않나요' 라는 노래가 머릿속이 빙글빙글 돌았다.

"계속 생각해 왔던 건데요. 시내에 있는 겨울 집은 너무 작아요. 홀리스를 위해 방 하나를 더 만들어야 할 것 같아요."

방은 필요치 않아요. 소파, 침낭이면 돼요.

"방이 없으면 기관에서 우리에게 아이를 맡길 것 같지 않아요. 홀리스에겐 그 아이만의 공간이 있어야 해요."

잠시 동안 그들은 말이 없었다.

나는 뒤로 머리를 기대고 손을 입으로 가져갔다.

"이건 어때요? 레니 미첼에게 전화해서 같이 일해 달라고 하는 거예요. 뒤쪽으로 홀리스를 위한 훌륭한 방이 될 만한 공간이 있잖아요."

"큰 창문도 내야겠군. 몇 주면 만들 수 있을 거야."

"그거보다 더 빨리요. 초가을까지."

"그래. 스티븐도 도울 거야."

"제가 전화……."

"당신이 기관에 전화를 걸도록 해요."

"처리하는 데 얼마나 걸릴 것 같아요? 하지만 먼저 돌아가야 하겠죠."

두 사람은 연이어 말을 쏟아 냈다.

"하지만 아주 잠깐일 거야."

나는 벽에 머리를 기댔다. 여태껏 그렇게 행복한 적은 없었다.

"딸이에요."

이지 아줌마가 말했다.

"그래. 우리에게 딸이 생기는 거야."

아저씨가 말했다.

내가 서 있는 곳에서 높게 솟은 산의 모습을 볼 수 있었다. 머릿속에서 회벽 집 여자의 목소리가 들렸다.

"저 홀리스 우즈라는 아인 문제가 산더미같이 많은 아이예요."

여름이 다 가기 전, 나는 저 산에 오르리라 결심했다. 꼭대기에 올라 두 팔을 높이 들고 온 세상을 향해 외치는 것이다.

"내게 가족이 생겼다. 이젠 혼자가 아니다."

등 뒤로 소리가 들렸다.

"야호!"

스티븐이었다. 나는 놀라 한 발을 움직였다.

집 안에서 들리던 목소리는 멈췄지만, 아무도 내가 들었다는 것을 몰랐다.

가을이 되면 나는 딸이 되는 것이다.

조시 아줌마와의 시간

제8장

그로부터 며칠 동안 겨자녀는 오후 다섯 시쯤 전화를 걸어 잡담을 했다. 겨자녀 자신이 그것을 잡담이라고 불렀다. 겨자녀는 혼자서 온갖 수다를 다 떨었다.

"학교는 어땠니?"

"다 타 버렸어요."

"점심으로는 뭘 먹었어?"

"말고기."

"캐힐 부인은 어때?"

"누구요?"

"뭘 그리고 있니?"

"누드 그림이요."

어느 날 저녁 겨자녀가 천천히 말을 꺼냈다.

"홀리스, 캐힐 부인은 나이도 많고, 뭘 잊어버리는 기미도 있지."

'조시 아줌마는 거리에서 춤을 추고, 내게 베일이 달린 모자를 주고, 영화관에서 팝콘을 만들죠.'

나는 내가 애초에 하려던 것보다 더 많은 말을 하고 말았다.

"아줌마가 전부 다 잊는 건 아니에요. 단지 일부라고요."

나는 거기서 말을 멈췄다. 겨자녀는 마음을 바꾸지 않을 게 분명했다. 나는 손을 들어 창문에 갖다 댔다. 진눈깨비가 녹아서 방울방울 유리 위로 흘러내리고 있었다. 주방 탁자 아래에는 헨리가 공처럼 몸을 웅크린 채 작고 뾰족한 턱 끝만 내밀고 있었다. 헨리는 진눈깨비를 싫어했다. 겨자녀가 말을 꺼냈다.

"내일은 토요일이야. 내일 널 데리러 가서 엘리너를 만나게 해 줄게."

겨자녀가 잠시 말을 멈췄다. 나는 대답하지 않았다.

"그 분 이름이 엘리너야. 우리와 점심을 함께할 거야."

나는 전화선을 최대한 길게 잡아 뽑았다.

"그리고 일요일에, 모든 일이 순조로우면……."

그녀가 말을 끊었다.

"그대로 같은 학교에 다니게 될 거야. 가끔 캐힐 부인을 찾아갈 수도 있고."

나는 전화기를 귀에서 멀찌감치 떼어 낸 다음 카운터 위에 올려놓았다. 소리가 나지 않도록 조심스럽게 올려놓았다. 내가 듣지 않는 줄도 모르고 겨자녀가 얼마나 이야기를 계속했는지 궁금했다.

밖은 회색빛이었다. 조시 아줌마의 나무조각상들은 흐릿하게 보였고 막 불기 시작한 바람에 몸을 굽히고 있었다.

조시 아줌마는 홀로 있을 수 없었다. 저녁 식사를 하는 것도 잊을지 모른다. 영화를 보며 밤을 꼬박 새울지도 모른다.

베아트리스. 나는 전화기를 들어 번호를 눌렀다. 신호음이 20번 정도 울렸다.

'제발 받아요, 베아트리스.'

그러나 그 순간 기억이 났다. 베아트리스는 첫 몇 주 간 여행을 다닐 거라고 했다. 나는 사막에서 따가운 태양빛이 내리쬐는 가운데 손에 스케치북을 든 베아트리스의 모습을 상상했다.

나는 조시 아줌마를 떠날 수 없었다.

머물 수도 없었다.

풀리지 않는 문제였다.

몇 년 전의 일이 갑자기 머릿속에 떠올랐다. 겨울은 아니었고 여름이었다. 그리고 매우 습기가 많아서 만지는 것마다 끈적거렸다. 오후 내내 나는 침대 위에 놓인 베개를 생각하며 머리에 닿은 느낌이 얼마나 시원할까를 생각했다. 그러나 방의 나머지 부분과 마찬가지로 베개 역시 뜨거워 놀라고 말았다.

나는 베개 밑에 손을 넣어 숨겨 놓았던 것을 꺼냈다. 희미한 색깔의 눈을 가진 인형이었다. 나는 인형에게 속삭이는 목소리로 땀이 식고 있는지 물었다. 그 순간 누군가 와서 인형을 빼앗아 침실용 탁자 위에 던졌다. 나는 그 여자가 문 밖으로 나갈 때까지 기다렸다가 인형이 내 말을 들을 수 있도록 조금 더 큰소리로 속삭였다.

"걱정하지 마. 내가 아침에 구해 줄게."

왜 새삼 그 생각을 한 걸까?

조시 아줌마를 구해야 했다.

그게 이유였다.

바깥의 진눈깨비는 눈으로 바뀌고 있었다. 눈은 스티븐을 생각나게 했다. 그는 말했다.

"너도 핸콕의 눈을 좋아하게 될 거야."

나는 브랜치스에 있는 여름 별장을 생각했다.

"소년이 된 이후로 여기서 겨울을 난 적은 없어. 하지만 멋진 곳이었어. 너무 추워서 이가 아프고, 강이 얼어붙고, 동물들이 집 가까이 다가오지. 모든 게 얼음으로 덮여 은빛을 띠지."

아저씨는 그렇게 말했다. 그리고 자신의 넓은 손바닥을 쫙 펼쳤다.

"이만한 고드름들이 지붕에 달려 있지. 나는 그것들을 떼어 내 내가 얼마나 멀리 던질 수 있는지 확인했어."

그가 웃음을 터트렸다.

"아버지가 난방을 해서, 집 안에 들어가면 따뜻했어. 나는 난방기에 손이 지글거릴 정도까지 말렸지."

겨울이었다.

브랜치스에 있는 그 집에는 지금 아무도 없었다.

"지금은 핸콕에 있는 집에서 지내지. 거긴 많은 눈이 내리고, 학교와 상점에서 가까워."

어떻게 할 수 있단 말인가?

어떻게 하지 않을 수 있단 말인가?

조시 아줌마는 라일락 색 소파에서 잠이 들어 있었다. 나는 다가가 그녀 옆에 서서 그녀의 아름다운 얼굴을 바라보았다.

아줌마가 눈을 떴다.

"저랑 멀리 떠나는 게 어때요?"

"베아트리스를 보러?"

아줌마가 물었다.

나는 고개를 저었다.

"거긴 너무 멀어요."

"그럼 어디로?"

아줌마는 일어나 앉아서 종잇장처럼 가는 손가락으로 머리를 매만졌다.

말을 꺼내기가 어려웠다.

"차를 가져갈 거예요."

"은빛 총알 말이지."

아줌마가 고개를 끄덕이며 말했다.

"모험을 하게 될 거예요."

아줌마가 웃음지었다.

"헨리, 너, 내가 은빛 총알을 타고 말이지. 땅 끝까지 달리는 거야."

나도 음식, 따뜻한 옷, 은빛 총알에 들어갈 휘발유를 생각하며 웃음지었다.

금요일 밤이었다. 겨자녀는 내일 점심 시간에 맞춰 나를 데리러 올 것이다.

그때까지 우리는 멀리 가 있어야 했다.

여덟 번째 그림

여름의 끝

우리는 8월의 마지막 주에 미친 듯이 날뛰었다. 미친 듯이 날뛰었다는 말은 이지 아줌마의 말이었다. 그리고 나는 모든 것을 그림으로 그렸다.

스티븐과 나는 6킬로미터나 떨어진 식료품점에서 육포를 사려고 흙길을 전력 질주했다.

바위 위에 앉아 육포를 뜯으며 고속도로를 지나는 차들을 세었다.

강 급류에서 열심히 노를 저으며 물살을 가로지르다 배 안에서 넘어져 팔과 다리에 온통 멍이 들었다.

비가 온 뒤 아저씨의 산에 올라갔다가 길가 진흙탕에서 굴렀다.

그리고 우리는 웃음을 멈추지 않았다.

내가 떠나려는 생각이 떠오르지 않도록 무엇이든 했다.

무엇이든.

그들은 내게 자신들의 계획을 말해 주었다. 우리 넷은 베란다에 앉았다. 사실 그날 밤의 그림은 필요하지 않았다. 장면 하나하나가 내 머릿속에 영원히 자리 잡고 있었으니까. 그러나 어쨌든 나는 그날의 그림을 그렸다. 이지 아줌마는 자신의 두 손으로 내 한 손을 꼭 감쌌고 아저씨는 숨이 막힐 때까지 꼭 안아 주었다. 스티븐은 안경 너머로 눈을 깜박거리며 눈물이 떨어지려는 것을 내게 보이지 않으려고 했다. 그러나 나는 알았다.

나는 그다음에 일어난 일도 그림으로 그렸다. 나는 미처 생각할 겨를도 없이 몸을 기울여 스티븐의 뺨에 뽀뽀를 했다. 트럭과 씨름하느라 스티븐의 얼굴에는 기름이 잔뜩 묻어 있었다. 나는 그림 속에 그 장면을 영원히 간직해 두었다. 우리 둘 다 당황해서 웃음을 터트렸고 이지 아줌마는 옆에서 "멋져라, 나도 해 봐야겠다."라고 말했다. 그리고 몸을 기울여 스티븐의 다른 쪽 뺨에 뽀뽀를 했다.

우리는 계속해서 웃고 있었고 이지 아줌마가 긴 두 팔을 활짝 펼쳤다.

"그럼 결정된 거야. 넌 우리와 한 가족이 된 거야. 이 집과……."

"그리고 강이."

내가 덧붙였다.

"…… 이젠 네 거야. 전부 다."

아저씨가 말했다.

"그리고 엄마의 딱딱한 사탕도."

스티븐이 말했다. 의자에 앉아 몸을 흔드는 모습이 여름 내내 그 어느 때보다도 행복해 보였다.

나는 스티븐의 얼굴을 보며 스티븐과 아저씨 사이에 있었던 언쟁을 기억하며 제발 아무 일 없기를 빌고 또 빌었다. 그들은 어제는 잃어버린 미끼 때문에, 빗속에 버려둔 갈퀴 때문에, 트럭 때문에 언쟁을 벌였다. 내가 있기 때문일까? 아저씨는 스티븐과 나를 비교하고 있는 걸까? 나랑? 이상하지 않은가? 나를 가족에 끼워 넣으려는 것이 맞지 않는 퍼즐 조각을 억지로 쑤셔 넣는 것과 같은 것일까? 그 조각 하나가 다른 조각 모두를 망치는 것일까?

나는 산을 올려다보았다. 나무들은 이제 막 가을 색으로 접어들고 있었다. 산은 부드럽고 친근하게까지 보였다. 나는 그 맨 꼭대기에 서 있는 생각을 했다.

이지 아줌마가 몸을 기울였다.

"이봐, 거기 둘, 슬픈 표정짓지 마. 우리에겐 아직 마지막 주말이 남아 있잖아?"

마지막 주말.

마지막.

조시 아줌마와의 시간

우리는 수중에 돈이 많지 않다는 것을 신경 쓰지 않았다. 내가 브랜치스에 있는 집에 가는 방법조차 정확히 모른다는 것도 신경 쓰지 않았다. 찾게 될 테니까. 그 집이 내 집이 아니라는 것도 물론 신경 쓰지 않았다.

'제발 신경 쓰지 마세요.'

나는 머릿속으로 이지 아줌마와 아저씨에게 말했다.

나는 싸가야 할 것과 해야 할 일들을 손가락으로 세어 가며 점검했다. 개수대 위 찬장에 있는 음식들, 지도, 겨울 옷, 집 안에서 보온이 될 만한 것은 무엇이든 찾아서 가져가야 했고, 고속도로로 나가는 첫 번째 주유소에서 휘발유를 넣어야 했다.

조시 아줌마는 주방에서 코코아를 만들고 있었다.

"곧 어두워질 거야."

"상관없어요. 우리는 어둠을 좋아하잖아요. 벨벳 같은 어둠이요."

"그건 그래. 우린 눈도 좋아하지."

나는 입술을 깨물었다. 어둡고 눈까지 왔다. 엎친 데 덮친 격이었다.

"코코아에 마시멜로를 넣는 거 어때?"

아줌마가 물었다.

"왼쪽 찬장에 있어요."

우선 조시 아줌마와 난 롱아일랜드를 벗어나야 한다는 것은 알았다. 그리고 17번 도로를 타고 90번 도로로 빠져나가야 했고, 그러고 나면 일단 안심이었다. 나머지 몇 킬로미터는 수십 번 걸어 다녔던 곳이었다. 진입로와 조금 떨어진 곳에 식료품점이 있었고, 길은 언덕을 넘어 길이 나 있었다. 그리고 다리를 건너면 거기 아저씨의 산 맞은편 나무들 속에 자리 잡은 집이 있었다.

거기까지 가는 건 눈감고도 할 수 있는 일이었다.

나는 아줌마를 돌아보며 우리가 가게 될 곳을 다시 일러주었다.

"숲 속에 있는 집이에요. 아줌마. 강가에 있는 안전한 집이요."

나는 카운터에 있는 시리얼 반통을 큰 상자에 쓸어 담고, 통조림 몇 개, 설탕, 소금 등 먹을 것이라면 무엇이든 보이는 대로 담았다. 그리고 귀중한 시간을 할애해 가며 조시 아줌마의 오래된 크리스마스 장식들을 찾아 다락방으로 올라갔다.

나는 차 소리를 듣고 순간 계단 맨 꼭대기에서 얼어붙었다. 차 소리는 점점 커지더니 점차 사라졌다. 심장이 빠르게 뛰었다.

그만 멈춰, 나는 스스로를 진정시켰다. 걔자녀는 멀리 어딘가에 있을 자신의 집에서 게걸스럽게 저녁을 먹으며 운동복에 음식을 흘리고 있을 것이다.

그러나 나는 가능한 한 빨리 떠나야 한다는 걸 알고 있었다. 예전에 도망쳤을 때 그런 사실을 몸소 체험했던 것이다. 처음 몇 시간으로 많은 것이 달라질 수 있었다. 사라진 것을 누구도 알기 전의 몇 시간 말이다.

나는 황급히 다락방으로 올라가 장식품이 들어 있는 상자를 찾아 계단으로 끌고 내려왔다.

모두 끝내고 나자, 차에 짐이 산더미처럼 쌓여 창문으로 밖을 보기가 어려웠다. 이제 창문을 때리며 휘날리는 하얀 눈송이들을 빼고는 완전히 어두워진 상태였다. 주방에서는 조시 아줌마가 탁자 위로 몸을 굽히고 한 손에는 코코아잔을, 다른 손에는 조각칼을 들고 있었고, 앞에는 매끈하게 깎은 나무토막이 놓여 있었다.

"아줌마?"

나는 내 잔을 집어 들고 입술에 닿는 코코아의 따뜻함과 입 안에서 녹는 마시멜로의 달콤함을 느끼며 코코아를 홀짝였다. 나는 아줌마의 어깨를 만지며 말했다.

"더 이상 지체할 수 없어요."

아줌마는 눈을 비비며 자신의 침실 쪽을 힐끗 쳐다보았다. 아줌마가 잠을 자고 싶어하는 것을 알고 있었다. 나 역시 그랬다. 피곤하기도 했고, 앞으로 하게 될 긴 여행을 생각하니 가슴이 답답했다.

"우린 모험을 하게 될 거예요. 아줌마랑 나랑 헨리요."

그리고 망설이며 덧붙였다.

"우리가 만약 가지 않으면, 그들이 날 다른 곳으로 보낼지도 몰라요."

우리는 일어섰다.

"그럼 가야지."

아줌마는 주방을 쭉 둘러보고 탁자과 의자 등을 만졌다.

"그래, 갈 거야."

"운전하실 수 있어요?"

제발 눈이 멈추기를 나는 생각했다.

"물론이지."

아줌마가 웃으며 말했다.

나는 마지막으로 아줌마의 조각칼들, 작은 드릴, 나무조각들을 챙겨 차로 나르고는 돌아와서 헨리를 어깨에 올려놓았다.

“괜찮다면 제발 물지 말아 줘.”

우리는 밖으로 나갔다. 조시 아줌마는 하늘을 올려다보며 눈송이를 잡으려고 두 손을 내밀었다. 그 사이 나는 차고 문을 열었다. 그런 다음 우리는 차고를 나와 미끄러지듯 거리로 나왔다.

갑자기 눈이 멈췄고 머리 위로 달이 보였다.

“흐릿하게 보이는구나.”

조시 아줌마가 달을 보며 말했다. 집들은 낮에 보는 것처럼 선명한 모습으로 서 있었다. 나무들은 눈 덮인 잔디밭에 선명한 그림자를 던지고 있었고, 어두운 거리들은 마치 리본처럼 굽이굽이 하얀 세상을 통과하고 있었다. 나는 머리 받침에 머리를 기대고는 마침내 해냈다는 생각을 했다. 가장 어려운 부분이 끝난 것이다.

“방향은 아세요?”

내가 물었다.

아줌마가 한쪽으로 고개를 돌리며 말했다.

“그때그때 다르지. 롱아일랜드 끝으로 가는 길은 알아. 뉴욕 북부로 가는 길도 알고.”

"맞아요, 북부요."

"트리브로 다리를 지나서였지. 맞지 않나?"

아줌마가 걱정스러운 듯 얼굴을 찡그렸다.

"그런 것 같아요."

헨리는 뒤에서 이리저리 몸을 움직이며 자리를 찾으려고 애쓰고 있었다.

"어딘가 지도가 있을 거야."

조시 아줌마는 한 손을 핸들에서 떼고 내 앞으로 비스듬히 몸을 기울였다.

"제가 찾을 수 있어요."

나는 재빨리 그렇게 말하고는 조수석 앞에 있는 도구함으로 손을 가져갔다. 덜컥 도구함을 여는 순간 아주 작은 불빛 하나가 켜졌다. 작은 공간 안은 온갖 것들로 가득 차 있었다. 조시 아줌마의 실크 장갑 한 짝, 동전 몇 개, 찌그러진 휴지 상자, 그리고 맨 밑에 뉴욕 주 지도가 있었다.

나는 지도를 펴서 도구함 문 위에 펼쳤다. 여러 색깔들과 선들과 작은 글자들이 뒤섞여 희미한 불빛에서 보기는 어려웠다. 지도 위로 몸을 굽히고 눈을 가늘게 떴다.

펠리세이즈 공원 도로. 17번 도로.

지도에 모두 있었다. 브랜치스의 집으로 우리를 데리고 갈 길이 잇따라 있었다.

나는 요란하게 들리는 경적 소리에 고개를 들었고, 차 한 대가 우리 차를 돌아 앞으로 나갔다. 그 차의 불빛이 길 위로 휙 지나갔다.

"괜찮으세요?"

"아주 멀쩡해."

나는 의자에 몸을 기대고 앉아 눈을 감았다. 이지 아줌마를 생각하고, 그들 모두를 마음속에서 그리며, 그들이 내가 끔찍한 일을 저지르고 있다고 생각할지 궁금했다.

"이젠 네 집이야."

아저씨는 그렇게 말했다. 지금도 그렇게 말을 할까 궁금했다.

'왜 아니겠어?'

마음속에서 스티븐이 말했다.

이지 아줌마의 얼굴이 눈앞에 보였다. 아줌마가 "그렇게 해, 홀리스."라고 말해 줄까? 나는 그럴 것이라고 생각했다.

어쨌든 난 실제로 그렇게 하고 있었다.

나는 갑자기 똑바로 자세를 고쳐 앉았다. 휘발유가 얼마나 남아 있었지? 그때 오른쪽으로 주유소 간판이 보인 것은 기적과 같은 일이었다. 나는 간판을 가리키며 조시 아줌마의 팔을 건드렸다. 조시 아줌마는 길에서 벗어나 직원이 연료 탱크를 채워 주기를 기다렸고 그 사이 나는 내 도주비로 계산을 했다.

"때마침 잘했어."

조시 아줌마가 말했다. 나는 아줌마를 보며 웃을 수밖에 없었다. 아줌마는 연료 탱크가 바닥이 날 때까지 차를 몰았을 테고, 넣어야 한다는 것도 기억하지 못했을 것이다.

이제 정말로 배가 고팠다. 코코아는 그리 오래가지 않았다. 그리고 나는 점심도 먹지 않았다. 어쩌면 재빨리 주유소 안으로 들어가면 감자칩이나 초콜릿을 살 수 있을지도 모른다. 나는 힐긋 백미러를 보며 차 한 대가 우리 뒤 주유기 앞에 서는 것을 보았다. 차 운전자는 참을성 없이 비키라고 경적을 울려댔다. 뭔가를 살 시간이 없었고 음식 꾸러미를 찾아 차 뒤쪽을 뒤질 시간은 더더욱 없었다.

나는 겨자녀를 생각했다. 내일 오후면 나를 데리러 올 것이고, 억지웃음을 지으며 겨자녀는 마치 내가 그 여성의 집에서 멋진 오후 다과를 즐기게 될 것처럼 행동할 것이다. 이름이 뭐였더라? 그래, 엘리너였다. 초인종 소리에 대답이 없으면 우리가 조시 아줌마의 정원에 있는지 보려고 집 뒤편으로 가 볼지도 모른다. 그러나 얼마 지나지 않아 곧 우리가 거기 없다는 것을 알게 될 것이다. 겨자녀는 발끝으로 서서 창문으로 차고 안을 들여다 볼 것이고 그 안은 비어 있을 것이다. 만약 운이 좋다면 겨자녀는 한동안 그대로 기다리겠지. 우리가 곧 돌아올 것이라고 생각할지도 모른다. 그러나 몇 분이 흘러 한 시간이 될 것이고, 결국 알게 될 것이다. 진짜로 알게 될 것이다. 그러고 나면 경찰에 전화를 할 것이다.

두 손이 축축이 젖어 왔다.

'진정해. 시작하기 전부터 이 모든 일을 알고 있었잖아.'

나는 마음속에서 스티븐의 말을 들었다.

그러나 이제 조시 아줌마는 공원 도로로 들어서고 있었다. 20분 정도가 지나면 우리는 다리를 건너 롱아일랜드를 뜨게 될 것이었다. 겨자녀는 막 잠자리에 들 준비를 하는지도 모른다.

희미한 불빛 아래서는 옆에 앉아 있는 아줌마 눈가의 주름들, 이마를 가득 채운 주름들을 볼 수 없었다. 나는 우리가 은빛 총알을 타고 달밤에 드라이브를 하는 것이라고, 조시 아줌마가 멀쩡하고 우리가 도망치고 있는 게 아니라고 시치미를 뗄 수 있었다.

내가 마지막으로 도망을 친 것은 브랜치스에서의 일이 있고 2주 뒤였다. 9월이었고 여전히 더웠다. 태양은 이른 아침부터 어두워질 때까지 쨍쨍 내리쬐었다. 움직이기도 생각하기도 힘들었다. 머리고 가슴이고 전부 아팠다. 나는 회벽 집 여자가 더 이상 참기 힘들었고 그녀 또한 마찬가지라는 것을 알고 있었다. 내가 생각할 수 있었던 것은 오로지 어딘가 추운 곳, 눈덩이를 퍼서 입에 넣고 이로 깨물 수 있는 곳, 열기와 고통을 사라지게 할 수 있는 곳뿐이었다.

나는 밤에 회벽 집 여자가 잠든 뒤 그곳을 떠났다. 도로까지 나와 버스를 찾는 데까지 몇 시간이 걸렸다. 그리고 그들이 나를 붙잡기 전까지 며칠을 떠나 있었다.

이번에는 좀 더 운이 좋을지도 모르겠다.

조시 아줌마와의 시간

우리는 매우 늦은 시간에 브랜치스로 나가는 출구에 도착했다. 주유소 불빛은 꺼져 있었고 식료품점 뒤편의 작은 불빛만이 반짝이고 있었다.

"거의 다 왔어요. 6킬로미터만 더 가면 돼요."

"벌써?"

아줌마는 기쁜 목소리로 말하고는 진입로를 벗어나 갓길에 차를 세우고 핸들에 머리를 대고는 곧 잠이 들었다. 이제까지 내 무릎에 있던 헨리는 슬그머니 아줌마의 무릎 위로 올라가서는 수염을 씰룩거리며 눈을 감았다.

나는 몸을 구부려 열쇠를 돌려 시동을 껐다. 나는 갑자기 잠이 달아나서 헨리를 한 번 쓰다듬어 준 다음 차 밖으로 나왔다.

처음에는 앞을 분간하기가 힘들었지만 조금씩 하늘 아래 윤

곽들이 드러나기 시작했다. 굽은 나무 둥치, 까맣고 네모난 형체의 식료품점, 그리고 우리를 굽어보는 산이 하늘로 높이 솟아 있었다. 눈앞에서 아저씨의 산을 다시 보는 것이 놀랍기만 했다.

베아트리스라면 그림이 실제로 살아난 것이라고 말했을 것이다. 나는 커다란 선인장과 함께 있는 베아트리스의 모습을 상상했다. 선인장 이름이 사와로, 뭐 그런 이름이었던 것 같다. 문득 베아트리스가 일요일마다 전화를 걸겠다고 한 것이 기억났다. 전화벨이 울리기만 하면 그녀는 어떻게 생각할까?

나는 동요했다. 만약 베아트리스에게 다시 전화를 걸어 본다면 어떻게 될까?

베아트리스는 집으로 돌아올 것이고 그녀의 꿈도 끝이 날 것이다.

나는 그렇게 하지는 않을 생각이었다. 다시 차 안으로 들어와서, 조시 아줌마를 살짝 흔들어 깨웠다.

"마저 운전해서 가요. 그런 다음에도 잘 수 있어요."

우리는 좁은 길을 달렸다. 이제 멀리 언덕 위에 있는 몇 집들에서 흘러나오는 불빛 외에는 아무런 빛도 보이지 않았다. 나는 아줌마가 잠이 들지 않도록 계속해서 말을 걸었다.

"강이 보일 거예요. 아줌마의 바다만큼 크진 않지만……."

"너의 강이로구나."

아줌마의 머리가 꾸벅 움직였다.

"조심하세요. 길에서 벗어나는 일은 없어야 하잖아요. 수영하기에는 강물이 많이 차요."

아줌마가 웃음지으며 말했다.

"헨리는 수영복도 없지."

그리고 다리가 나타났다. 한때 그 다리에 서서 강꼬치고기, 메기와 다리 기둥에 나뭇가지로 집을 짓는 사향뒤쥐를 보았다.

아저씨의 다리였다.

"도착하면 벽난로에 불을 지필 거예요. 그리고 난방 온도도 높이 올리고요."

이른 아침, 풀에 아직 이슬이 맺혀 있고 집에 냉기가 남아 있을 때마다 아저씨가 스위치를 누르는 것을 보았다.

덜컹거리며 강 위로 놓인 다리를 지나자 집이 우리를 기다리고 있었다.

"아줌마, 여기예요."

내 목소리는 가라앉아 있었다. 아줌마에게 눈 오는 날이라든가 내일이 되면 해가 나올 거라는 말을 했는지도 모른다. 그러나 내 안의 심장은 두근거리고 있었다.

나는 우리가 이 겨울, 어쩌면 봄까지만 이곳에서 지낼 수 있다는 사실을 알고 있었다. 여름이 되면 다른 곳을 찾아봐야 했다.

몇 달이었지만, 그래도 아주 오랜 시간이었다.

나는 눈을 감고 여기 있었던 마지막 날 아침을 기억했다. 나는 뒷문을 열고 나가서 차 있는 곳으로 다가갔고 손으로 홀리수풀을 훑으며 엄지손가락에 닿는 날카로운 풀잎의 감촉을 느꼈다.

나는 시내까지 걸어갔다. 이른 아침의 열기 속에서 한참을 걸었다. 그리고 가져온 짐을 무릎 위에 놓고 벤치에 앉아 버스를 기다렸다. 아래를 내려다보다 화구 상자를 두고 왔다는 사실을 깨달았다. 최악의 순간은 선홍색, 비둘기색, 그리고 프렌치 블루 등의 색깔이 담긴 상자를 다시는 볼 수 없다는 사실을 알았을 때였다.

"아줌마, 집에 왔어요."

"아무것도 안 보여."

"어둠에 익숙해지도록 해 보세요. 좀 있으면 전부 다 보일 거예요."

그리고 아줌마는 모든 것을 볼 수 있게 되었고 나 역시 그랬다. 지붕이 경사진 집과 집 쪽으로 기울어진 상록수들, 그리고 현관 베란다 앞에 쌓인 장작더미가 검은 그늘을 만들고 있는 게 보였다. 흔들의자들은 창고에 있다는 걸 알고 있었지만 흔들의자들이 베란다에서 부드럽게 움직이는 모습을 상상할 수 있었다.

조시 아줌마가 깊이 숨을 들이마셨다.

"좋아하실 줄 알았어요."

나는 백미러로 헨리를 보며 그렇게 말했다. 헨리는 머리받침 뒤에 서서 내 어깨 위에 발톱을 올려놓은 채, 코를 씰룩거리고 가늘게 수염을 떨며 그곳의 크기를 가늠하고 있었다.

"헨리 너도."

"그런데 정말 괜찮은 거야? 이래도 되는 게 확실해?"

조시 아줌마가 얼굴을 찡그리며 물었다.

"그럼요."

나는 잡힐지도 모른다는 생각, 아저씨가 사실을 알게 되었을 때 나를 어떻게 여길지에 대한 생각들을 떨쳐 버렸다. 그런데 아저씨는 정말 나에 대해 어떻게 생각할까?

'제발 제가 하는 이 일에 신경 쓰지 마세요.'

나는 머릿속으로 그에게 사정했다.

홍관조 한 마리가 단숨에 날아와 눈 속으로 몸을 굽힌 홀리 가지 위에 앉았다. 눈 위에는 가늘고 긴 새 발자국과 사슴이 남긴 움푹 팬 발자국이 나 있었다. 발자국들은 상록수 가까이, 벌판 가장자리로 나 있었고, 그중 토끼의 것으로 보이는 하나는 강으로 이어지고 있었다.

나는 스티븐이 겨울에 이 집을 본 적이 있는지 궁금했다. 아마 봤다면 좋아했을 것이다.

나는 손가락 마디를 잘근잘근 깨물었다. 눈으로 된 레이스 커튼이 현관 베란다 위로 흩날렸다. 차 엔진이 꺼지자 지독히도 추웠다. 서둘러 조시 아줌마를 집으로 데리고 들어가야 했다. 아줌마의 신발은 굽이 있었고 구두 앞쪽이 뚫려 있는 데다 구두 옆쪽도 다이아몬드 형태로 뚫려 있었다. 왜 아줌마의 신발까지 생각하지 못한 것일까?

헨리는 발톱으로 차창을 긁으며 나가기만을 기다렸다. 나는 헨리의 귀를 한 번 당기고는 문을 열어 주었다. 헨리가 포복 자세로 눈밭을 기어가며 차에서 멀어지는 것을 지켜보았다.

"죄송해요, 아줌마. 집까지 가려면 여길 걸어서 지나가야 해요."

나는 계속 젖은 아줌마의 두 발을 내려다보며 말했다.

"모험이잖아."

조시 아줌마는 핸들을 부여잡은 채 말했다.

나는 어둠 속에서 빛나는 아줌마의 주황색 스카프를 머리에 둘러 주고는 아줌마의 코트 맨 위 단추를 채웠다.

"됐어요."

우리는 차 밖으로 나가 나무들 옆을 지났고 아줌마는 멈춰서서 하늘을 올려다보았다.

"백만 개의 별이야."

아줌마가 하늘을 가리키며 말했다.

"북두칠성과 오리온이 보여. 베아트리스가 보면 좋아했을 거야."

나는 아줌마의 허리를 안고는 집 뒤쪽 계단을 올라갔다.

내가 운동화 한 짝을 발로 차서 작은 주방 창문을 깨뜨리자, 아줌마는 조금 못마땅한 표정을 지어보였다. 그렇게 우리는 안으로 들어갔고 헨리가 우리 주변을 경쾌하게 움직였다.

나는 벽에 기대어 전등을 찾으며 전기가 끊어져 있지 않기를 바랐다. 다행히 전기가 들어와 주방이 살아났다. 냉장고가 윙윙 소리를 내기 시작했고 그 너머로 한쪽 끝에 긴 탁자가 놓여 있었다. 나무 바닥에는 진한 파란색 융단들이 흩어져 있는 커다란 거실이 보였다. 아저씨는 그 바닥에 각별한 애정을 보였다. 항상 이지 아줌마와 함께 바닥을 깔던 이야기며, 나무조각들이 얼마나 정확히 맞는지 이야기를 하며, 마치 스티븐과 내가 망치와 톱을 움켜쥔 것을 볼 수 있기라도 한 것처럼 두 손을 들어 보였다.

조시 아줌마의 몸은 떨고 있었고 입술은 하얗게 질려 있었다. 내 손의 감각도 없었다. 스위치를 누르자 난방 장치가 시작되는 소리가 들렸다. 장작더미와 종이들이 통에 담겨 벽난로에 놓여 있었다. 나는 그 자리에 쪼그리고 앉아 노랗게 변한 신문을 구겨서 통나무들 사이에 밀어 넣었다. 그리고 성냥을 그으며 지난여름의 뉴스를 읽었다. 누군가는 바이런 폭포수

근처에서 거대한 송어를 잡았고 시내 중심가에서는 노상 할인 판매가 계획되어 있었으며 쉐이디사이드에서는 카누 배를 임대했다.

나는 지난여름 이곳에 있었다. 그 모든 일이 일어났던 때, 나는 계속해서 조시 아줌마에게 말을 걸었다. 아줌마에게 이 집에 한두 달 정도밖에 있지 못했지만 내 집이었던 곳이라고, 이제는 우리 집처럼 지내게 되었다고 말했다. 아줌마는 소파에 깊숙이 몸을 묻고는 고개를 끄덕이며 벽난로의 불꽃을 바라보았다.

'아직도 내 집처럼 지내도 되나요? 이번 겨울만이라도요?'

나는 마음속으로 아저씨에게 물었다.

통나무들 아래에서 가는 불꽃이 피어올랐고 조시 아줌마가 손뼉을 치며 말했다.

"불이다!"

아저씨의 나무 바닥이 장밋빛으로 빛나기 시작했고 손가락들이 따뜻해지자 두 눈이 감겼다. 그러나 나는 아직 잠들 수 없었다.

나는 조시 아줌마를 소파에 앉히고는 아줌마의 발을 말릴 수건을 찾았다. 아줌마의 두 발은 추위로 얼룩덜룩하게 보였다.

"새처럼 여윈 발이네요."

나는 발을 닦으며 아줌마에게 말했다. 아줌마는 머리를 뒤로 기대고 다시 잠이 들었다.

나는 그 수건으로 유리가 깨져 뻥 뚫린 주방 창을 막았다. 여기 있는 동안 유리를 끼워 넣을 방법을 찾아야겠다는 생각했다. 창고에 유리가 있었고 아저씨가 치수를 재고 자르는 것을 본 적이 있었다.

나는 계단으로 한때는 내 방이었던 작은 녹색 방으로 올라갔다. 모든 게 전과 똑같았다. 화장대 거울로 보니 들쭉날쭉한 하얀색 침대 커버 가장자리 밑으로 살짝 고개를 내민 내 낡은 운동화가 보였다. 장미꽃이 수놓인 분홍색 커튼은 묶여 있었고, 화장대 위에는 화구 상자가 놓여 있었다.

화구 상자.

나는 반쯤 열린 상자를 쓰다듬자 색연필 몇 자루가 흘러 나왔다. 프렌치 블루와 선홍색……. 침을 삼키기가 어려웠다. 나는 색연필들, 스케치북, 연필깎이를 모두 어루만졌다.

헨리와 나는 차와 집 사이를 네댓 번 오가며 조시 아줌마의 집에서 가져온 것들을 날랐다. 입에서 작고 하얀 입김이 났고 굴뚝에서도 커다란 연기가 올라왔다. 그러나 헨리는 추위에 아랑곳하지 않았다. 눈 위를 뛰어다니며 마치 아기고양이라도 된 것처럼 잔가지와 마른 나뭇잎들을 쫓아다녔다. 헨리는 내가 무슨 생각을 하는지 알았던 게 분명하다. 눈 위를 뛰어다니다가 내 쪽을 힐끔 쳐다보고는, 바위에 앉아 늙은 고양이처럼 꼼짝하지 않았다.

나는 나중에 그 모습을 그려야겠다고 생각했다. 어둠 속에서 행복한 헨리와 실처럼 가늘게 눈 속을 굽이쳐 흐르는 강줄기를.

가져온 것들을 전부 안으로 들여놓는 데는 30분이 걸렸다. 나는 담요로 조시 아줌마를 감싸 주었다. 창문으로 길가에 주차된 차를 볼 수 있었다. 창고에 차를 넣어 둘 자리가 있을 거야, 나는 생각했다. 한쪽에는 아저씨의 차가, 다른 쪽에는 트럭이 주차되어 있었던 게 기억났던 것이다.

트럭. 아직도 그 자리에 있을까? 나는 고개를 저었다.

"금방 돌아올게요. 은빛 총알을 창고에 넣어야겠어요."

나는 자고 있는 아줌마에게 말했다.

'그 차를 운전하려고?'

머릿속에서 스티븐이 물었다.

'네가 운전하는 법을 가르쳐 줬잖아.'

'하지만…….'

'할 수 있어.'

트럭은 창고 한쪽에 바짝 붙어 세워져 있었다. 나는 그 앞으로 걸어가서 차가운 차체, 날카로운 모서리, 전기등이 있던 텅 빈 구멍들을 차례로 쓰다듬었다. 나는 그 여름날 저녁 나무들을 들이받으며 트럭이 내던 소리를 듣지 않으려는 듯, 무의식적으로 양손을 귀에 갖다 대었다.

몇 분 뒤 밖으로 나온 나는 은빛 총알에 시동을 걸었다. 그러나 연료계가 바닥을 가리키고 있었다. 조금만, 조금이면 돼, 나는 차에게 애걸했다. 나는 자리에 앉아 페달에 발을 올리지 못하며 망설이고 있었다. 그러나 차는 곧 눈 위를 날아가고 있었다. 차의 엔진에서는 기침 소리 같은 소음을 내며 차고 안으로 미끄러지듯 들어갔다. 벽에 닿지도, 가까이 붙지도 않았다. 그리고 뒷벽에 부딪치기 직전 브레이크를 걸고 차를 세웠다.

'아.'

스티븐이 나지막이 내뱉었다.

주변은 조용하기만 했고, 부드럽게 부는 바람 소리와 얼음 섞인 눈이 지붕 위에 내려앉는 소리만이 들렸다. 나는 해냈다. 이제 원하는 것은 위층에 있는 작은 녹색 방 이불 속에서 몸을 웅크리고 잠을 자는 것뿐이었다.

아홉 번째 그림

이지 아줌마의 케이크

나는 이 그림을 고이 접어 배낭에 넣어 두었다. 우리는 현관 베란다에 놓인 탁자에 앉아 있었고, 앞으로 강이 흐르고 있었다. 그리고 그 마지막 토요일 내내 여름비는 우리를 적시고 길을 진창으로 만들고 풀을 녹색으로 물들이고 강물을 출렁이게 했다.

그림 속에서 이지 아줌마는 덧문을 등으로 밀고 나오며 양손에 케이크 접시를 받치고 있었다. 바닐라 케이크였는데 이지 아줌마는 푸른 물망초를 모아 케이크에 둘렀다.

나는 가장 뾰족한 꽃분홍색 색연필을 사용해 케이크 위에 '우리 가족이 된 것을 환영해, 홀리.' 라고 적었다.

이지 아줌마는 얼굴을 찡그리며 말했다.

"네 이름을 다 적고 싶었는데, 자리가 모자랐어."

아저씨의 눈에서 빛이 났다. 마음속에 그 모든 장면을 담아 두려는 순간 아저씨가 내 어깨를 토닥였다.

"홀리스 우즈, 우리와 영원히 함께 하는 거야."

스티븐은 반대쪽에 앉아 있었다. 나는 스티븐에게 너구리, 사슴, 토끼, 주머니쥐 등의 동물 발자국과 새들의 발자국, 햇볕을 쬐려고 물 밖으로 나와 바위 위에 올라선 아비 발자국 등 여러 장을 그려 주었다.

"영원히 간직하겠어. 바보 여동생."

스티븐은 잔뜩 으스대며 말했다.

"알아들었어?"

스티븐은 종이 한쪽의 아비(loon이라는 단어는 '아비'라는 뜻과 함께 '바보, 얼간이'라는 뜻도 있다.) 발자국을 가리켰다. 그리고 여섯 살 꼬마처럼 탁자 밑으로 나를 찔렀고 그 바람에 컵과 케이크 접시들이 달각거렸다.

"스티븐, 제발."

아저씨는 일주일 내내 스티븐과 좋지 않았다. 큰 문제는 아니었고 사소한 것들이었다. 스티븐이 창고 문을 닫는 걸 잊어버린 탓에 너구리가 그 안에서 집을 지었다. 아마 스티븐의 숙제 위에 가득 발가락 모양을 남긴 너구리였을 것이다. 또 수요일 밤에는 집 문을 열어 두는 바람에, 박쥐 한 마리가 거실을 날아다녔다. 스티븐은 아저씨의 낚시 칼과 릴도 잃어버렸다.

낚싯대 릴 가운데 하나는 강 하류 어딘가에 가라앉아 있는 게 분명했다.

"아저씨와 잘 지내보는 게 어때?"

우리가 배를 타고 릴을 찾으러 가기 전날, 나는 스티븐에게 물었다.

나는 스티븐의 두 눈에 분노가 이는 것을 보았다.

"넌 우리 둘 모두에게 충분히 잘하고 있어. 아빠도 그렇게 말했을 거야."

스티븐이 말했다.

나는 앞으로 몸을 숙이며 물었다.

"나 때문인 거야? 내 잘못이야?"

스티븐은 웃음을 터트렸다.

"바보같이 굴지 마."

그러나 여전히 나는 확신할 수 없었다. 나에 대해, 문제가 산더미같이 많은 나에 대해 이야기를 하려고 입을 여는 순간, 스티븐이 내 팔을 톡톡 두드렸다. 안경 뒤의 그의 두 눈은 진지해 보였다.

"이봐, 그렇게 생각할 필요 없어."

스티븐은 홀리 나뭇잎 하나를 따서 내게 건넸다.

"진정해, 홀리스. 딱 너 같다. 가시투성이지만 나쁘진 않아."

그때 나는 웃음을 감추려고 애썼다.

이제 이지 아줌마가 탁자 중앙에 케이크를 놓고 있었다.

"양초가 있어야 할까?"

아줌마가 물었다.

"그럼요. 다 있어야죠."

스티븐이 나를 보며 싱긋 웃어보였다.

"있으면 좋죠."

나는 의자에 몸을 기대며 말했다. 나 역시 아저씨를 아빠라고, 이지 아줌마를 엄마라고 부를 생각을 하며 잔뜩 으스대고 있었다.

이지 아줌마는 안으로 들어가 식탁 서랍들을 뒤지며 양초를 찾았다. 스티븐은 내 쪽으로 몸을 돌려 저녁 식사 뒤에 산으로 걸어 올라가자는 말을 했다.

아저씨가 스티븐을 사납게 쏘아보았다.

"이 빗속에?"

나는 내가 아저씨를 웃게 만들 수 있다는 사실을 알고 있었다.

"걱정하지 마세요. 우리는 비보다 거칠어요."

"산 정상까지 올라가겠단 얘기를 하는 게 아니에요."

스티븐도 옆에서 거들었다.

우리는 케이크를 먹었고 겉에 뿌려진 케이크 가루가 혀에서 살살 녹았다. 나는 내내 죄책감을 느끼고 있었다. 정말로 산에 오르고 싶었던 것은 바로 나였기 때문이다.

예전의 홀리스는 이제 없었다. 이봐, 세상아, 여기 새로운 홀리스가 간다.

그리고 나는 홀로 산에 오르고 싶었다.

조시 아줌마와의 시간

다음날 오후 나는 한가로이 모든 방들을 돌며 둘러보았다. 거의 전부를. 나는 이지 아줌마와 아저씨 방에는 들어가지 않았다. 그곳은 그들의 사적인 공간이었으니까.

손님방 벽면은 사진들로 채워져 있었었고 난 그 사진들을 하나하나 들여다보며 오랜 시간을 보냈다. 나는 서두르지 않고 한 장의 내 사진이 아직 그 자리에 있는지 끝까지 확인했다.

먼저 투피스 수영복을 입은 젊은 이지 아줌마가 있었고, 턱수염에 톱밥을 잔뜩 묻히고 톱으로 죽은 나무를 잘라 내는 아저씨 사진이 있었다. 앞니 없이 토끼 옷을 입은 모습, 트럭 위에 앉아 있는 모습, 손에 어망을 들고 고개를 젖힌 채 웃고 있는 모습을 담은 스티븐의 사진도 몇 장 있었다.

그리고 아직 한 장의 내 사진도 거기 있었다. 나는 연필을 깎고 있었고 연한 분홍색 연필의 부스러기들이 도화지 위에 떨어져 수북이 쌓이고 있었다. 나는 손가락으로 사진을 쓰다듬었다. 여전히 그 자리에, 다른 가족들 사진과 나란히, 그들과 함께 있었다.

스티븐의 방은 바로 옆이었고, 뒤죽박죽 어질러져 있었다. 바닥에는 양말이 뒹굴었고 엉클어진 끈 뭉치, 열쇠 몇 개, 사진 한 장이 경대 위에 놓여 있었다. 도무지 무슨 사진인지 알아볼 수도 없는 것이었다. 녹색과 푸른색이 얼룩처럼 번져 있는 사진으로, 그 중앙에 배처럼 보이는 것이 있었다.

등 뒤로 조시 아줌마가 부르는 소리가 들렸다.

"장화를 찾았어. 장화를 신을 거야."

"밖에 나가기엔 너무 추워요. 꽁꽁 얼어요."

나는 큰소리로 대답했다. 그러나 쾅 소리를 내며 문이 닫히는 소리가 들렸고, 나는 창문가로 갔다.

"아줌마?"

나는 유리에 손을 올려놓았다. 창틀 사이로 찬바람이 새어 들어왔다.

조시 아줌마는 자신의 넓적다리까지 올라오는 이지 아줌마의 낚시용 방수 장화를 신고 있었다. 아줌마는 눈 속에서 두 팔을 펼치고 손가락을 쫙 편 채 빙빙 돌았다. 아줌마를 보고 있자니 나까지 어지러웠다. 잠시 후 아줌마가 넘어졌지만 천천히 넘어지는 모습이 눈 위에 팔다리를 휘저어 천사 모양을 만들려는 것 같았다. 아줌마의 스카프가 바람에 날리며 부드러운 순백색 눈 위에서 색깔을 더했다.

아줌마는 다시 일어나 갈지자로 걸었다. 나는 늘어선 상록수 숲 뒤로 아줌마가 사라지자 쫓아가야겠다는 생각이 들었다. 나는 서둘러 재킷을 챙겼다. 주방 창문 밖에 달린 온도계가 영하 15도를 가리켰지만 창문 옆 벽에 붙어 있는 달력은 여전히 8월에 머물러 있었다.

8월.

나는 아줌마를 부르며 뒷문으로 나갔다. 그리고 그 차가운 고요 속에서 아줌마의 노랫소리를 들을 수 있었다.

"강을 건너고……."

나는 무거운 두 발을 끌며 아줌마 뒤를 쫓았다. 아줌마가 만든 원을 따라 빙빙 돌며 아줌마의 노래에 화답했다.

"숲을 지나……."

아줌마는 작은 나무에 기대어 얼음 덩어리들 사이로 흐르는 거무스름하고 가는 물줄기를 응시하고 있었다.

"아름답지 않아요?"

내가 물었다.

"나는 눈 속을 걷는 게 좋아."

아줌마는 다시 몸을 떨며 나를 올려다보았고 갑자기 당황한 모습을 보였다.

"그런데 왜 우리가 집에 있지 않은 거지? 베아트리스에게는 무슨 일이 생긴 거야?"

나는 아줌마를 데리고 다시 집 안으로, 밝은 파란색 융단들과 커다란 소파가 있는 따뜻한 방으로 들어갔다. 그리고 이지 아줌마의 가운을 찾아 아줌마를 감싸 주었다. 우리는 벽난로 옆에 앉아 밖이 어두워지고 잠이 들 때까지 벽 위로 그림자들이 춤추는 것을 바라보았다.

아침이 되자 빛이 점점이 두 눈 위에서 춤을 추었다. 나는 손을 들어 얼굴을 가렸다. 태양이 창문에 붙은 작은 소용돌이 모양의 얼음들을 녹이고 있었다.

바깥 어딘가에서 희미하게 윙윙거리는 소리가 들렸다. 가까이에서 들리는 소리가 아니니 걱정할 것은 없었지만, 무슨 소리였을까? 누군가 깊은 숲 속에서 전기톱을 사용하는 소리? 스노모빌? 소리는 점차 사그라졌고, 나는 아침 식사로 뭘 먹을지 생각하며 천천히 자리에서 일어났다. 이지 아줌마 덕분에 선택할 수 있는 몇 가지 것들이 있었다. 파인애플 주스 통조림, 블랙베리 잼, 유리병 안에서 빛을 발하는 절인 채소들, 몇 줄로 늘어선 스튜 통조림들까지.

내 것이 아니라 이지 아줌마의 보물들이었다.

나는 언젠가는 꼭 갚으리라, 전부 갚으리라 스스로에게 다짐했다.

'마음 편하게 생각해.'

내 머릿속에서 스티븐이 말했다. 나는 웃을 수밖에 없었다. 스티븐이라면 정말 그렇게 말했을 테니까.

나는 꼭 쥐었던 두 손을 펴고 다시 밖을 내다보았다. 눈 위로 발자국들이 어지럽게 흩어져 있었다. 조시 아줌마와 내 발자국이었다. 나는 그 발자국들이 편치 않았고, 슬쩍 하늘을 올려다보며 눈이 더 내려서 그 발자국들을 덮어 주기를 바랐다.

나는 불에 물을 올려놓고 조시 아줌마 집에서 가져온 빵을 토스터기에 집어넣었다. 쥐 한 마리가 집 안 어딘가에 살고 있었다. 불쌍한 쥐. 이제 헨리가 여기 있으니 그 쥐는 이 집을 떠나야 할 것이다. 나는 쥐가 남기고 간 것들을 치웠다. 그리고 한쪽에 조시 아줌마의 나무조각들이 놓인 창문 앞 탁자에 음식을 늘어놓고 앉았다.

다 먹은 뒤에 조시 아줌마가 만들고 있는 내 나무조각상을 바라보았다. 기다란 나무토막, 양옆에는 팔이 들어갈 구멍이 뚫려 있었다. 얼굴은 이제 막 형태를 갖추는 단계로, 입이 생기기 시작했고, 작고 뾰족한 코에 이마에는 조그만 금이 얼굴에 난 상처처럼 있었다.

나는 이마에 손을 올려 상처 자국을 만져 보았다. 그때 조시 아줌마가 하품을 하며 나타났다. 머리는 산발이 되어 있었다.

아줌마는 종종걸음으로 뒤쪽 창문으로 다가갔다.

"오늘은 햇볕이 쨍쨍하군."

아줌마는 유리창에 대고 몸을 따뜻하게 데우기라도 하는 것처럼 두 손을 앞으로 내밀며 말했다.

"그리고 계단에 가지 하나가 날아와 있어. 홀리 가지 같더라."

나는 마지막 남은 토스트 조각을 입 안에 넣고 우적우적 씹었다.

"가끔 태양은 바다 위에 길을 만들지."

아줌마는 초콜릿을 집었다.

"그 위로 걸을 수 있다는 생각이 들지. 계속 바다를 건너서……."

아줌마가 말을 멈췄고 나는 그녀를 도와주려고 했다.

"영국으로? 프랑스로?"

"내가 있어야 할 곳으로."

아줌마는 탁자에 앉아 작업을 시작했다. 내가 앞에 토스트와 뜨거운 차를 놓자, 아줌마가 주변을 훑어보았다.

"왜요?"

"베아트리스가 궁금해."

아줌마는 그렇게 말하며 웃음지었다.

"그리고 사포. 네 얼굴을 매끄럽게 문질러야 해."

창고에 사포가 있을 것이다. 사포를 창고에서 가져오면 그만이었다. 또다시 그 트럭을 볼 필요는 없었다. 마치 트럭이 거기 없는 듯 행동할 생각이었으니까. 뒷문을 열자 차가운 돌풍이 불어왔고, 나는 아저씨가 했던 말이 떠올랐다.

"너무 추워서 이가 아플 거야."

밝은 빨간색의 열매들이 빽빽이 달린 홀리 가지가 계단 위로 날아와 있는 것이 보였다.

스티븐은 홀리 가지 하나를 내게 내밀며 말했었다.

"긴장 풀어, 홀리."

"재킷을 가져가야겠어요."

나는 조시 아줌마에게 말했다. 재킷에 몸을 끼워 넣고 장갑을 낀 다음, 사포를 찾아 밖으로 나갔다. 한기가 몸 구석구석을 파고들었고 그 냄새는 짜릿할 만큼 깨끗했다.

멀리 있는 겨자녀는 아마도 나를 찾고 있을 것이었다. 하지만 단서 하나조차 찾을 수 없겠지.

돌아오는 길에, 나는 몸을 구부려 홀리 가지를 주워 집 안으로 가지고 들어왔다. 나는 조시 아줌마에게 사포 몇 장을 건네주고는 이지 아줌마의 꽃병 하나에 홀리 가지를 꽂아 커다란 창문 앞에 두었다. 그러면서 크리스마스를 생각했다. 아마 열흘쯤 지나면 크리스마스일 것이다.

조시 아줌마와 나는 우리만의 크리스마스를 즐길 것이다.

큰 소나무 가지를 꺾고, 몇 통 있는 팝콘도 만들어 먹을 것이다. 마치 로라 잉걸스 와일더 작가의 『초원의 집』이란 책에 나오는 크리스마스 같겠지.

나는 그 어디에 있었던 때보다 행복했다. 다만……, 나는 더 이상 브랜치스 집 사람이 아니었다. 아저씨의 겨울 집에서 보내는 크리스마스는 어떤지, 이번 해에는 어떨지 궁금했다.

나는 그 생각을 마저 하기 전에 싹둑 잘라 버렸다. 여기 브랜치스에, 창가에 홀리 가지를 두고 있는 것으로 충분하지 않은가?

영원히 머물 수만 있다면.

아저씨가 내게 해 준 이야기가 또 있었다. 겨울에 하는 낚시 얘기였다. 깊은 물 속에 있는 물고기를 잡으면 맛을 잊지 못할 경험이 되었다고 했다.

잊지 못할 경험. 아저씨는 늘 그런 식으로 단어를 사용했다.

저녁으로 버터를 바른 생선을 먹을 것이다. 버터는 아니다. 아, 토마토소스를 듬뿍 바른 생선에 지난여름 저장해 둔 콩을 곁들인 것이다. 평범한 사람들이 먹는 그럴듯한 식사. 그럴듯한 정도가 아니라 훌륭한.

"아줌마가 물고기를 좋아한다는 걸 알아요."

나는 조시 아줌마에게 말했다.

"금붕어. 큰 그릇에 한 마리 키웠던 것 같아."

아줌마는 헨리 쪽을 슬쩍 보았다. 헨리는 아저씨의 파란색 융단 가운데에 자리를 잡고 잠을 자고 있었다.

"하지만 헨리를 믿을 수가 있어야지."

"제 말은 먹는 거요."

아줌마는 놀란 표정으로 나를 바라보았다.

"나는 금붕어는 먹지 않아."

웃음이 터져 나오려고 했다.

"강꼬치고기, 농어 같은 거요. 이맘때 뭐가 있는지 알 수는 없지만."

"아, 그래."

아줌마는 조각칼을 집어 나무조각 발의 울퉁불퉁한 부분들을 깎아 냈다.

아저씨의 낚시 도구는 멀리 떨어진 벽에 걸려 있었다. 내가 정말 얼음 세상으로 나가고 싶은 것일까? 물론 그랬다. 나는 스티븐의 방에서 몸을 따뜻하게 해 줄 것들을 모았다. 그의 낡은 녹색 스웨터는 목에 스카프로 두르고, 양말도 겹쳐 신었다. 복도에 있는 벽장에서는 수건을 찾아 터번처럼 머리를 감쌌고, 마지막으로 이지 아줌마의 커다란 스웨터 가운데 하나를 겉에 입었다.

나는 한 손에 낚싯대를 들고 준비를 마쳤다. 조시 아줌마는 내 모습에 웃음을 터트렸다.

"눈사람이에요."

나는 그렇게 말하고 밖으로 나갔다. 그리고 잠시 그 자리에 서서 고민했다. 고기는 강둑과 아저씨의 다리에서 잡을 수 있었다. 나는 나란히 늘어선 나무들을 지나 집 앞이나 다름없는 가까운 강둑으로 내려갔다. 낚싯대를 들어 올려 가짜 미끼를 매달아 얼음 너머의 좁은 물줄기 속으로 집어넣었다. 얼마나 거기 서 있었는지 알 수는 없지만 나는 잎이 진 단풍나무에 등을 기대고 강 건너편의 움직임을 살폈다. 무언가 휙 지나가는 것을 보았던 것이다. 다람쥐? 너구리? 그러나 그때 내가 본 것은 좀 더 큰 것이었다. 어쩌면 사슴인지도 모르겠다.

그것이 사람이라는 것을 깨닫는 데는 조금 더 시간이 걸렸다. 낚시꾼일지도 모르는 사람이 그곳에, 많은 나무 뒤에 서 있었다. 내가 그를 보았다면, 그 역시 나를 볼 수 있을지도 몰랐다.

홀리 수풀 쪽으로 비틀거리며 뒷걸음치는 바람에 나는 손에서 낚싯대를 놓치고 말았다. 재빨리 움직인 탓에 스웨터가 가지에 걸려 벗겨졌다. 나는 뒤를 돌아보며 눈 덮인 강둑 위에 내버려 둔 낚싯대를 확인했다. 그러나 이미 눈 속에 파묻혀 볼 수가 없었다. 눈 위에 가늘게 움푹 팬 자국만이 남아 있었고, 누가 본다면 그저 나뭇가지로 볼 것 같았다.

입이 바짝바짝 말랐다. 나는 다시 강 건너편을 바라보았다.

건너편에서는 어떤 움직임도 없었다. 나뭇가지들 중 하나에서 눈덩이 하나가 툭 떨어졌고, 어치 한 마리가 흔들리는 다른 가지에 앉아 있었다.

나는 돌아서서 집 현관까지 몇 발짝 되지 않는 길을 정신없이 달렸다. 나는 문을 열고 들어가 문을 닫고는 얼른 잠갔다. 그리고 문에 기대어 깊은 숨을 들이마셨다.

"왜 그래?"

조시 아줌마가 물었다.

나는 고개를 저었다.

"또다른 낚시꾼인 것 같아요. 걱정하지 마세요."

크리스마스가 다가오고 있었다. 어쩌면 그 사람은 나무를 자르러 온 사람이거나 아저씨의 숲에서 밀렵을 하려는 사람인지도 모르겠다.

괜찮아. 아무 일 없어.

그는 나를 보지 못했고, 우리는 안전했다.

조시 아줌마는 스카프를 두르고 코트를 입고는 밖을 거닐었다.

"잠시 바람 좀 쐬려고."

아줌마는 그렇게 말했다.

나는 창가에 머물며 지켜보았다. 그러나 그곳에는 아무도 없었다.

열 번째 그림

홀리스 우즈

나는 사람들이 둥둥 떠다니는 느낌이라고 말할 때 그게 무슨 의미인지 알고 있다. 내가 바로 그랬으니까. 마치 두 발이 바닥에 닿지 않고 떠 있는 것처럼, 가볍게 바닥을 밟으며 통통 튀어 오르는 것을 느꼈다. 그리고 내 안에서는 마치 거품들이 서로 부드럽게 부딪치며 떠다니는 것 같았다.

나는 행복했다. 아니, 그것만으로는 부족했다. 나는 기쁨에 넘쳐 황홀경에 빠져 있었다.

나는 노랑색, 주황색, 분홍색, 파랑색 등 색연필을 모조리 사용해 그 느낌을 그렸다. 내 발에 자줏빛 신발을 그려 넣었고, 어깨에는 날개를 달았다. 두 눈은 감고 있었는데, 그것은 가끔 속눈썹이 뺨까지 내려오는 천사 그림들에서 볼 수 있는 그런 모습이었다.

그러니 내가 아무런 생각이 없었다는 것을 이해할 만하지 않은가? 떠다니는 모든 느낌과 거품들이 내 자신이 무엇이든 할 수 있다고 생각하게 만든 것을 이해할 만하지 않은가?

그래서 그 마지막 주에, 내 머릿속에는 온통 아저씨의 산 정상에 올라가 온 세상에 소리치는 생각뿐이었다. 내가 뭘 말하려고 하는지도 알고 있었다. 여기 홀리스 우즈가 있다. 가족이 될 자격이 없었던 홀리스 우즈…… 거친 홀리스 우즈, 달아나는 홀리스 우즈. 날 봐. 내가 산에 올라왔다. 이제 내게도 가족이 생겼다.

조시 아줌마와의 시간

어느 날 아침, 나는 반쯤 잠이 깬 상태에서 기차 소리를 들었다. 창문을 올려다보니 사각형의 창이 온통 하얗게 보였다. 눈보라였다. 가는 눈발이 온 세상을 뒤덮고 있었다. 내가 들었던 소리는 골짜기 아래로 부는 거친 바람 소리였던 것이다.

나는 침대에서 슬며시 빠져나와 아래층으로 내려갔다. 커다란 창문으로 밖에서 무슨 일이 일어나는지 볼 생각이었다. 집 한쪽의 홀리 수풀은 흐릿한 얼룩으로만 보였고 가는 은빛 강줄기와 눈 덮인 강둑은 잿빛 안개 속에 자취를 감추었다.

나는 조금 한기를 느끼고 두 팔로 몸을 감싼 채, 세상을 바라보았다. 그 모습은 마치 플라스틱으로 된 스노우 글로브 같았다. 내가 있었던 집들 가운데 한 집에 그것이 있었다. 잡고 흔들면 눈송이들이 떨어지며 한가운데 있는 밝은 녹색의 크리스마스트리를 덮었다.

"만지지 마, 홀리스. 내려놔."

나는 재로 덮어 둔 벽난로 불에 커다란 땔나무 하나를 굴려 넣으면서 나중에 베란다에서 나무를 좀 더 갖다 놓아야겠다는 생각을 했다.

헨리는 나가고 싶은지 나를 올려다보고 야옹거렸다. 문손잡이를 잡아당기자 방 안으로 한줄기 바람과 함께 눈이 휘몰아쳤다. 헨리가 나를 사납게 노려보았다.

"내 잘못이 아니야."

나는 다시 문을 밀어 닫으며 말했다.

헨리는 다시 소파로 돌아가 바짝 여윈 꼬리를 몸 쪽으로 잡아당겼다.

"미안해."

나는 주방으로 가는 길에 헨리의 머리를 쓰다듬었다.

겨자녀는 아주 먼 곳 어딘가에 있을 자신의 집에 갇혀 있을 것이다. 모두가 먼 곳에 있었다.

나는 아저씨와 스티븐, 이지 아줌마를 생각했다. 사실 고작 몇 킬로미터 떨어진 곳에 있었지만 그 몇 킬로미터는 내게는 영원과도 같은 거리였다. 스티븐은 눈을 좋아할까? 아니면 그들은 이런 눈보라에 아주 익숙해서 크게 관심을 갖지 않을 수도 있었다. 나는 내가 그들을 생각하는 것처럼 그들도 나를 생각할 때가 있을지 궁금했다. 또 스티븐은 지금 어떤 생각을 하는지 궁금했다.

내 귀로 아저씨의 목소리가 들려왔다. 나는 눈을 감았다.

생각하지 마. 다시는 그 끔찍한 오후를 떠올리지 마.

나는 마시멜로와 코코아 상자를 꺼내고 물주전자를 난로에 올려놓았다. 그리고 오늘 무엇을 할지 생각했다. 커다란 창문 앞에서 그림을 그리자 나는 스스로에게 그렇게 말했다. 저 흐릿하게 늘어선 나무들, 회색빛 띠를 이룬 강에 음영을 넣는 방법을 생각해 보자. 목탄을 사용하면 좋을 것이다. 어쩌면 난로에서 숯이 된 나무토막을 꺼내 사용할 수 있을지도 모른다.

나는 지난 며칠 동안 설피를 신은 긴 귀의 토끼, 상록수 껍질을 갉아 먹는 사슴 네 마리, 투명한 얼음으로 덮인 다리를 그렸고, 그 그림들을 거실 곳곳에 붙여 놓았다. 나는 눈 속에 있는 조시 아줌마의 그림도 몇 장 그렸다. 조시 아줌마를 그린 그림은 선 몇 개를 쓱쓱 그어서 그린 단순한 그림이었다. 아줌마는 매일 걸었다. 도로까지 내려가 상록수 주변을 돌고 스카프를 휘날리며 돌아왔다.

봄이 와서 우리가 떠나야 할 때 저 그림들을 그대로 놔두면 무슨 일이 생길까? 저 그림들을 발견한 아저씨는 뭐라고 할까?

이지 아줌마는 또 뭐라고 말할까? 스티븐은?

봄. 그때는 베아트리스에게 전화를 걸 수 있을까? 그때쯤이면 베아트리스가 그곳에서 몇 달을 보낸 후였다. 내게는 무슨 일이 생길까?

알게 뭐야? 또 뭔가를 생각해 내겠지. 그러나 그림들을 남겨 두진 않을 생각이었다. 배낭에 넣어 가져가야지.

탁자에 앉아 물이 적당히 식기를 기다리며 크리스마스를 생각했다. 며칠이 지났는지 알 수가 없었다. 나는 이지 아줌마의 벽걸이 달력을 12월로 넘기고 며칠인지 알아내려고 애썼다. 여기에 얼마나 있었던 걸까? 8일? 9일? 나는 날짜를 되짚으며 계산해 보았다.

난로에 올려놓은 물주전자가 끓고 있었다. 나는 코코아를 넣고 물을 따라 조금 홀짝였다. 입 안에 따뜻한 온기가 느껴지면서 윗입술에 뜨거운 김이 닿았다. 오늘이 크리스마스이브인 게 분명했다.

나는 그 자리에 서서 눈이 그치면 밖으로 나가 상록수 가지 몇 개를 가져올 계획을 세웠다. 밖에는 집 안 전체를 채우고도 남을 만큼 많은 나무들이 있었다. 벽난로 선반을 초록빛 가지들로 가득 장식하고, 그 뾰족한 잎들 사이사이를 아줌마의 크리스마스 장식품들로 채우는 것이다. 솔방울 몇 개도 찾아 달 수 있을 것이다. 그리고 내일 밤에는 특별한 저녁, 프루트 칵테일과 참치 통조림을 곁들인 만찬을 즐길 생각이었다. 거기에 팝콘도 빼놓지 말아야지.

나는 조시 아줌마에게 줄 선물이 있었으면 하는 생각이 들었다. 내가 아줌마에게 줄 수 있는 것은 아줌마를 그린 그림뿐이었다. 생각하면 할수록, 더욱더 마음에 드는 생각이었다. 오늘은 나무를 그리는 대신 아줌마를 그려야지. 나는 다시 코코아를 홀짝였다. 영화관 팝콘 기계 앞에 있는 조시 아줌마와 베아트리스를 그리는 건 어떨까? 둘 다 입 안 가득 팝콘을 넣고, 팔짱을 끼고 활짝 웃고 있는 모습이 될 것이다.

"썰매 종소리가 울려요."

조시 아줌마가 캐럴을 부르며 주방으로 들어왔다.

"저도 막 그 생각을 하고 있었어요."

나는 다른 컵 하나를 집어 물을 붓고 코코아를 탔다.

아줌마는 멈춰 서서 창문 밖을 응시했다.

"눈이 바다 위로 떨어지는 모습을 본 적이 있어. 눈은 물에 닿는 순간 녹아 버리지."

아줌마는 다섯 손가락 전체로 잔을 감싸 쥐었다.

"바다와 같은 건 어디에도 없어."

나는 아줌마의 눈빛을 바꾸어 줄 뭔가를 생각해 내려 애썼다.

"파티를 할까 생각하고 있었어요. 아줌마의 크리스마스 장식들이랑 바깥에서 나뭇가지들을 가져와서요."

아줌마는 웃는 얼굴로 천장을 올려다보았다.

"라디오에서 캐럴이 흘러나왔어. 베아트리스와 나는 매년 그렇게 보냈지. 캐럴을 들으며 우리가 젊었을 때 이야기를 하는 거지. 베아트리스는 어디 있지?"

"그림을 그리고 있어요. 지금 따뜻한 곳에 가 있어요."

조시 아줌마는 고개를 저었다.

"우린 항상 아몬드 쿠키를 만들지. 반은 먹고 나머지 반은 영화관에서 파는 거야."

"라디오가 있으면 좋았을 텐데요."

나는 마지막 남은 빵 두 조각을 토스터에 넣었다.

"계란도 몇 개 있으면 좋았을 테고요."

"아몬드 시럽이나."

"아니면 버터요."

우리 둘은 웃음을 터트렸다.

"산타클로스에게 부탁해야 할 것 같아. 그것들을 전부 실은……."

아줌마가 말을 멈추고 생각에 잠겼다.

"썰매요."

아줌마가 고개를 저었다.

"그건 백 년 전 이야기고. 지금은 올 때……."

아줌마가 다시 천장을 올려다보았다.

나는 웃음을 터트리며 말했다.

"오토바이 같은 거요?"

"그래, 눈길을 달리는 걸로."

아줌마도 고개를 끄덕이며 웃음을 터트렸다.

"그런데 어떻게 라디오가 없을 수 있지? 누구나 다 라디오 한 대는 있는데."

나는 코코아를 마저 다 마시고, 입 안에 달콤한 마시멜로 하나가 남아 있는 상태로 기억해 보려고 애썼다. 여기 라디오가 있었나? 텔레비전은 없었다. 그것은 기억했다. 그러나 조시 아줌마 말이 맞았다. 라디오는 있을 게 분명했다. 나는 라디오를 찾아 주변을 돌아보았고, 마침내 선반 위 오래된 조각 그림 맞추기 상자들 뒤에서 낡은 전깃줄에 감겨 있는 라디오를 찾아냈다. 그러는 내내 헨리가 내 뒤를 졸졸 따라다녔다. 두 눈 사이에 생긴 줄이 마치 얼굴을 찡그리고 있는 것처럼 보였다. 헨리는 정말 밖에 나가고 싶은 것 같았다.

나는 다시 문으로 다가가 빠끔히 문을 열었다. 눈보라는 훨씬 더 심해져 있었다. 늘어선 나무들도 눈앞에서 사라졌고, 창고도 아주 멀리 있는 듯 보였다. 헨리를 내보내기가 두려울 정도였다. 그러나 다시 문을 닫기도 전에 헨리가 나를 돌아 쏜살같이 빠져나가 버렸다. 나는 그 자리에서 오들오들 떨며 서서 헨리가 어디 있는지 보려고 애썼다. 얼마 지나지 않아 돌아온 헨리가 번개처럼 문을 통과해 곧바로 거실을 지나 주방으로 들어갔다. 그리고 조시 아줌마의 무릎 위로 올라갔다.

나는 창문 앞에 그림 도구들을 펼쳐 놓고, 거친 선들로 조시 아줌마를 그리기 시작했다. 조시 아줌마는 방 반대편, 탁자 앞에 앉아 라디오를 만지작거리며 크리스마스 음악이 나오는 채널에 주파수를 맞추었다. 아나운서의 목소리가 들려왔다.

"멋진 크리스마스이브 아침입니다."

내가 짐작한 날짜가 제대로 맞았던 것이다.

노래들이 연이어서 흘러나왔다. '참 반가운 신도여', '고요한 밤 거룩한 밤', '윈터 원더랜드', 그리고 한 번도 들어보지 못한 곡, '크리스마스트리 옆으로 모여라' 같은 곡들이 흘러나왔다.

나는 앞에 놓인 도화지 위로 잔뜩 몸을 숙여서 내가 무엇을 하는지 조시 아줌마가 보지 못하도록 했다. 나는 먼저 배경을 그려 넣었다. 베아트리스 주변을 먼저 그리고, 카운터, 팝콘 기계를 그린 다음 얼굴을 그려 넣기 시작했다. 그리고 몇 분마다 바깥에 내리는 눈을 응시했다. 강 너머에 있는 산이 흐릿하게, 백랍 빛깔의 하늘로 높이 솟은 어두운 그림자처럼 보였다.

문득 거기 앉아 있는 조시 아줌마 생각이 났다. 아줌마 역시 손에는 내 조각상을 들고 음악을 들으며 창밖을 응시하고 있었다. 고개는 기울어져 있었고 눈은 슬퍼 보였다.

열한 번째 그림

산 위에서

나는 단 한 장도 그날 일을 그린 적이 없다. 애써 그 생각을 하지 않으려고 노력했다. 하지만 끊임없이 마지막 날에 있었던 일들이 차례차례 머릿속에 떠올랐다. 토요일이었다. 이지 아줌마와 아저씨는 골동품을 찾아 메이슨빌에 가 있었다. 스티븐은 내게 낚시를 가자고 조르고 있었다.

"배를 타고 급류가 있는 곳까지 내려가는 거야. 점심도 가져가고."

"너나 가."

나는 그림에서 고개도 돌리지 않은 채 말했다.

"오늘 하루를 몽땅 색연필만 입에 물고 보내겠다는 거야? 도화지 몇 장 가지고 빈둥거리겠다고?"

나는 어깨 너머로 그에게 싱긋 웃어 보였다.

'가, 스티븐. 어서 나가 줘.'

나는 생각했다.

잠시 뒤 스티븐은 낚싯대와 미끼, 토마토케첩이 줄줄 새어 나오는 샌드위치를 들고 요란스럽게 밖으로 나갔다.

"넌 아마 이 분 안에 후회하게 될 거야."

스티븐은 섭섭한 듯이 말했다.

"기분 나쁘니?"

그가 싱긋 웃어 보였다.

"그렇지는 않아. 하지만 나 하루 종일 나가 있을 거야. 경고하는 거야."

스티븐은 배에 올라탔고 나는 그 모습을 지켜보았다. 그는 등을 구부려 노를 잡더니 시야에서 멀어져 갔다.

나는 조심스럽게 도화지와 색연필들을 전부 치웠다. 또 주방에 어지럽게 널려 있는 토마토 부스러기를 닦아 내고, 초콜릿 상자를 치우고, 냉장고 문도 닫았다. 그러는 내내 생각을 멈추지 않았다. 산에 오르는데 세 시간, 내려오는데 세 시간이 걸린다면 식은 죽 먹기였다.

만약에 대비해 스웨터도 챙겼다. 날씨가 점점 추워지고 있었던 것이다. 그리고 마지막 순간 마음을 바꿔 종이 몇 장을 호주머니에 접어 넣고 색연필 몇 자루도 챙겼다. 녹색, 회색, 갈색, 검은색, 그리고 프렌치 블루 색이었다. 프렌치 블루 색은 어디에 사용할지 잘 알 수는 없었지만, 내가 가장 좋아하는 색이었다.

그런 다음 나는 산을 오르기 시작했다. 더운 날씨 때문에 고된 일이었다. 결국 스웨터는 나뭇가지에 걸어 두었다. 얼마 지나지 않아 발목이 당기는 것이 느껴졌고, 신발에 발뒤꿈치가 쓸려 따가웠다. 나는 중간 지점에 멈춰 서서 집과 뱀처럼 구불구불 흐르는 강을 내려다보았고, 배에 탄 스티븐의 모습도 작게나마 볼 수 있었다.

나는 종이를 꺼내 간단하게 스케치를 하고는 다시 산을 올랐다. 아저씨 말이 맞았다. 겉으로는 잘 보이지 않았지만 산은 진창이었다. 밟기 전까지는 거기에 진창이 있는지도 몰랐다. 밟는 순간 신발 전체에 진흙이 잔뜩 묻었다. 진창에서 신발을 꺼내 나뭇잎으로 진흙을 닦아 냈다.

정상에 거의 다 닿았을 때는 숨이 턱까지 차올랐고 배가 고팠다. 왜 나는 토마토 샌드위치를 만들어 오지 않았는지 후회했다. 그러나 마실 물은 있었다. 바위 하나에서 작은 물줄기가 흘러내리고 있었고, 나는 거기에 얼굴을 묻고 물을 마셨다. 그리고 물줄기 아래 손목을 대고는 남은 몇 걸음을 마저 걸어 정상에 도착했다.

널따란 바위 하나가 펼쳐져 있었고 나는 그 위에 올라 숨을 돌렸다. 나는 어두운 빛깔의 색연필들을 가져왔지만, 그것은 밝은 세상이었다. 장난감 같은 집들과 강, 그리고 멀리 핸콕 시내도 보였다. 작은 은빛 호수와 미니어처 차들이 달리는 길이 있었다. 나는 소리쳤다.

"크리스마스가 되겠지!"

말하고 싶은 것을 모두 내뱉었다.

"나는 새로워지는 거야. 나는 달라진다."

그리고 머릿속으로 다시는 심술궂게 행동하지 않겠다고 다짐했다. 친절하게 행동하겠다고, 학교에 가서 사람들에게 다가가겠다고 말했다.

"새로운 삶을 사는 거야."

나는 그 자리에 서서 빙글빙글 돌았다. 내 안의 거품들도 나와 함께 돌았다. 그러다 진흙투성이 운동화를 신은 발로 바위 가장자리를 딛고 말았고, 나는 그대로 아래로 굴러 떨어졌다. 날카로운 가지 끝이 팔을 파고들었고 돌이 이마에 깊은 상처를 내는 것이 느껴졌다. 내 몸은 몇 미터 아래 커다란 돌에 부딪힌 뒤에야 구르던 것을 멈췄다. 숨이 턱 막혔다. 나는 헐떡거리며 한동안 그 자리에 누워 있었다.

나는 다시 정신을 차렸다. 눈에서 흐르는 피를 닦아 내며, 그렇게 나쁘지도 심각하지도 않다고 스스로를 안심시켰다. 그러나 혼자서는 올라왔던 길을 다시 내려갈 수 없다는 것을 알았다.

나는 한참이 지난 뒤, 해가 서쪽으로 넘어가고 늦은 오후가 되었다는 것을 알았을 때에야 비로소 스티븐의 이름을 부르기 시작했다. 내가 이런 바보 같은 짓을 이지 아줌마와 아저씨가 알게 되는 것을 바라지 않았다. 스티븐의 이름을 부르면서도, 스티븐이 듣지 못할 거라는 사실을 알았다.

그러나 스티븐은 왔다. 당연한 일처럼. 해가 지기 직전, 나는 스티븐의 소리를 들었다. 아니 정확하게 말하면 트럭의 기어가 내는 끽끽 소리와 멈추는 소리, 문이 열렸다 쾅 닫히는 소리를 들었다. 그리고 스티븐이 나를 내려다보며 서 있었다.

"그럴 줄 알았어."

스티븐이 말했다.

"어떻게?"

그가 두 눈을 가늘게 떴다.

"어디 뼈라도 부러진 거야?"

"물론 아니지."

"오후를 몽땅 허비했잖아. 널 혼자 내버려 둔 게 마음에 걸려서. 그래서 돌아왔는데……."

"허비해……."

"그래. 그리고 알게 되었지. 네가 어디에도 없다는 걸 말이야."

"그런데 트럭은 왜 몰고 온 거야?"

내가 물었다.

"곧 어두워지는데 널 데리러 여기까지 세 시간이나 걸어 올라오라고?"

스티븐이 고개를 저었다.

"네가 죽은 줄 알았어."

"그냥 다친 거야."

내가 웃으며 말했다.

우리는 바위 가장자리에 앉아 해가 지는 것을 바라보았다. 스티븐이 손가락으로 어딘가를 가리키며 말했다.

"저 너머 어딘가에 우리가 겨울을 보내는 집이 있어. 너도 곧 보게 될 거야."

동쪽으로 한참 아래에는 여름 별장이 있었다. 홀리 수풀은 흐릿한 녹색으로만 보였고, 황금빛 들판과 강줄기도 보였다. 그 모습에 숨이 멎는 듯했다.

"네게 보여 주고 싶은 게 있어."

나는 주머니에 손을 넣어 집을 나오기 전 배낭에서 꺼내온 꼬깃꼬깃한 W 그림을 꺼냈다.

"여섯 살 때부터 쭉 가지고 있던 거야."

우리는 흔들흔들 발을 흔들며, 바위 턱에 앉아 있었다. 스티븐은 무릎 위에 반듯하게 그림을 펼치고는 뚫어져라 응시했다. 그러고는 내 쪽을 바라보았다.

"W로 시작하는 단어들로 된 그림을 찾아야 하는 거였어."

"이건, 소망(Wish)의 그림이네. 가족을 갖고 싶은 소망."

스티븐이 천천히 말했다.

입술이 떨려 왔다. 아, 에반스 선생님, 왜 선생님은 그걸 보지 못한 거죠?

"네가 여섯 살 때 우리에게 왔다면 좋았을 텐데. 난 네가 그 체커 게임에서 내게 져 주었을 때 우리와 함께 있어야 할 아이란 걸 알았다니까."

스티븐이 웃음지으며 말했다.

머리는 이마까지 흘러내려와 있고 안경은 비뚤어져 있어서, 스티븐의 두 눈을 거의 다 가리고 있었다. 나는 그림에 X표를 받았던 날과 학교에서 걸어 나왔던 일을 떠올렸다. 공원에 있는 그네에 앉아 발끝으로 흙을 파헤치던 일도 생각했다.

"난 가끔 도망을 쳐. 학교에 가지도 않고."

스티븐이 발을 가볍게 바위 턱에 부딪혔다. 양말이 운동화 위까지 내려와 있었다.

"어떤 사람은 내가 구제불능이래."

나는 말을 꺼내기는 했는데, 어떻게 끝을 내야 할지 알 수가 없었다.

"아이들은 나와 어울리고 싶어하지 않았어. 난 심술궂고……."

스티븐은 안경을 벗은 다음 내 옆에 내려놓았다. 그리고 콧등 위에 난 깊고 빨간 자국을 문질렀다.

나는 말을 멈추고 가능한 한 멀리, 몇 킬로미터 밖을 바라보았다. 잠시 스티븐에게 말을 한 것이 후회되었다. 그러나 스티븐이 몸을 돌렸고, 나는 그의 눈을 분명하게 볼 수 있었다. 하지만 확신할 수는 없었다. 그가 눈을 깜박이는 것이 눈물을 참고 있는 것인지 궁금했다. 스티븐은 손을 내밀어 내 손을 잡았다.

"이번에는 제대로 된 방향으로 도망쳤잖아?"

그랬다. 스티븐은 나에 관해 모든 것을 알았고, 상관하지 않았다.

"이제 내려가야 해. 엄마 아빠가 돌아와서 알기 전에."

나는 고개를 끄덕였다. 자리에서 일어나는데 발목을 관통하는 통증이 느껴졌다. 나는 절뚝거리며 트럭까지 걸어갔다.

"네가 와 줘서 기뻐. 절대 혼자서는 내려가지 못했을 거야."

"여기까지 올라온 건 바보 같은 짓이었어. 아빠가 알면 노발대발할 거야."

그리고 우리는 내려갔다. 스티븐은 든든하고 신중한 운전자였다. 그러나 길이 너무 가팔라서, 그가 있는 힘껏 브레이크를 밟아도 트럭은 멈추지 않고 계속 미끄러졌다. 스티븐이 브레이크를 밟고 또 밟았지만 트럭은 계속 속도만 더해갔다. 그리고 이제 괜찮아지겠지, 무사하겠지 하는 순간 트럭이 기울어졌다. 우리가 탄 트럭이 뒤집어지려는 게 보였다.

스티븐이 내게 소리쳤다.

"뛰어내려, 홀리!"

조시 아줌마와의 시간

제13장

눈은 차차 잦아들더니 그날 오후 늦게 마침내 멈췄다. 나는 마지막으로 그림을 바라보았고 결과에 만족했다. 조시 아줌마는 베아트리스에게 무언가를 말하고 있었고 베아트리스는 조시 아줌마의 말에 귀를 기울이고 있었다. 둘 다 손에 팝콘 봉지를 들고 있었다. 나는 아줌마가 그림을 볼 수 없도록 내 방에 숨겨 두었다.

나는 옷을 있는 대로 모두 겹쳐 입고 이지 아줌마의 장화까지 신고 밖으로 나갔다. 발이 빠진 부드러운 눈은 무릎까지 올라왔다. 지독한 추위였다. 추위가 콧속까지 파고들어 얼얼하게 했고 두 뺨에는 감각이 없었다.

사방이 고요했다. 새들은 벌써 밤을 지새울 둥지를 찾는 듯했고 사슴은 깊은 숲 속 어딘가에 숨어 있는 듯했다. 가늘게 흐르고 있던 강줄기도 얼어 있었다. 내가 그곳에 강이 흐르고 있었다는 사실을 몰랐다면 곧장 그 위를 지나 반대편으로 갔을 것이다. 하지만 아직은 얼음이 내 몸무게를 지탱할 수 있을 만큼 꽝꽝 얼었을지 의심스러웠다.

나는 땅에서는 상록수나 홀리 가지를 주울 수 없을 거란 사실을 깨달았다. 바람에 날려 바닥에 떨어진 것들은 모두 눈에 덮여 있었다. 필요한 나무를 찾아 직접 톱으로 잘라 내야 할 것 같았다.

창문으로 내게 손을 흔드는 조시 아줌마와 헨리가 보였다. 나는 하얀 눈을 한 움큼 퍼 올리고는 아줌마와 헨리를 향해 던졌다. 그러고는 아저씨의 톱을 가지러 차고로 터벅터벅 걸어갔다. 그리고 눈이 잔뜩 묻은 채 문손잡이에 걸려 있는 스티븐의 스웨터를 발견했다. 그곳에 스웨터를 놔둔 것조차 기억이 나지 않았다. 나는 스웨터를 접어 선반 하나에 올려놓고는 톱을 챙겼다. 그리고 해가 지기까지 얼마 남지 않은 시간 동안 나무 형태를 망치지 않도록 조심하며 나뭇가지들을 쳐냈다.

나무 아래는 바람이 그리 세지 않았다. 그리고 그 순간 아저씨가 내게 했던 이야기가 떠올랐다. 길을 잃은 사냥꾼들이 나뭇가지들을 당겨서 밧줄로 묶어 구부린 다음 은신처를 만든다는 얘기였다. 나는 나무들로 아늑한 쉼터를 만든다는 생각이 맘에 들었다. 그러나 곧 혼자가 된다는 생각에 몸을 떨었다.

'네겐 조시 아줌마가 있잖아.'

스티븐이라면 그렇게 말했을 것이다.

'난 아줌마를 사랑해.'

나는 마음속으로 대답했다.

내 안에서 라디오 음악이 흘러나왔다.

"크리스마스에서 내가 바라는 것은 오직……."

내가 바라는 것. 내가 바라는 것.

조시 아줌마가 전등들을 켜고 있었다. 눈 위로 빛을 뿌리는 집은 마치 크리스마스카드처럼 보였다. 나는 그 모습을 바라보고 서서 그 빛이 얼마나 멀리 떨어진 곳까지 보일지 걱정했다.

마지막 나뭇가지를 잡는 순간, 눈이 얼굴 위로 떨어졌다. 나는 아무도 불빛을 볼 수 없을 것이라고 스스로를 안심시켰다. 집은 강을 바라보고 서 있었고, 도로와는 멀리 떨어져 있었으며, 이렇게 눈보라가 친 뒤 저녁이 다 돼서 아저씨의 산에 있을 사람은 없었다.

"완전 눈사람이 다 됐다."

나뭇가지들을 가득 들고 비틀거리며 현관으로 걸어오는 내 모습을 보며 조시 아줌마가 말했다.

나는 이지 아줌마의 장화를 벗고 발에 감각이 돌아올 때까지 문질렀다. 조시 아줌마는 춤을 추듯 내 주위를 맴돌았다.

"저녁으로 특별한 걸 준비했어. 놀라게 해 주려고 아껴 두고 있었지"

아줌마는 매우 즐거운 듯 말했다.

아줌마는 나를 주방으로 끌고 가서는 냉장고 위 찬장을 열었다. 나는 어디에 무엇이 있는지 전부 알고 있다고 생각했다. 하지만 이지 아줌마의 오래된 그릇들과 믹서기들 뒤에 늘어서 있는 보물들에 관해서는 알지 못했다. 보물들은 분말 우유 한 상자와 팬케이크 가루 그리고 사과 소스 한 병이었다.

"그래. 저녁으로 차가운 우유와 사과 팬케이크를 먹는 거야."

조시 아줌마가 만족스러운 목소리로 말했다.

입에 침이 가득 고였다. 크리스마스이브 만찬이었다.

'동전 한 닢까지 전부 갚을게요, 이지 아줌마. 평생이 걸리더라도.'

그래서 조시 아줌마 처음으로 요리를 했고 요리하는 내내 어깨 너머로 내게 베아트리스 얘기를 했다.

"크리스마스 장식들이 나무에서 반짝거리고, 베아트리스는 촛불들에 불을 밝히지."

조시 아줌마는 활기를 띠는 것 같았다. 베아트리스와 집 얘기를 할 때마다. 아줌마가 집을 그리워한다는 것을 나는 알고 있었다.

"여기서도 그런 크리스마스를 보내게 될 거예요. 저녁을 먹은 뒤에 전부 준비할게요."

그러나 사과 소스를 듬뿍 바른 팬케이크를 다 먹고 나자 두 눈이 감겼다. 따뜻하기도 하고 졸리기도 했다.

"내일 아침에 전부 하도록 해요."

"선물이 있어."

아줌마의 얼굴 위로 비밀스런 웃음이 반짝하고 지나갔다.

나는 침대에서 몸을 웅크리고는 창밖으로 어슴푸레한 달과 눈을 잔뜩 뒤집어쓴 나무들을 바라보았다. 그렇게 아름다운 것은 본 적이 없다는 생각이 들었다. 그때 나무들 옆에서 뭔가 움직이는 게 보였고, 나는 무엇인지 보려고 일어났다. 그 순간 반짝이는 회색빛 여우 한 마리가 꼬리를 휘날리며 탁 트인 공간을 쏜살같이 달려 얼음 위를 지나 사라졌다.

'여우를 봤어, 스티븐. 여우를 본 건 이번이 처음이야.'

나는 다시 자리에 누워 조시 아줌마가 나를 위해 준비한 것이 무엇일지 생각해 보려고 했다. 어쩌면 또다른 음식 꾸러미를 발견했는지도 몰랐다. 나는 그게 무엇인지, 그게 어떤 것이었으면 하는지 상상하며 잠이 들었다. 초콜릿처럼 달콤한 것이거나 감자칩처럼 짭짤한 것이었으면 했다.

다음날 아침, 해가 보이지 않았다. 그리고 차고는 헨젤과 그레텔에 나오는 마녀의 집처럼 반짝였다. 그대로 누워 있는데, 마음 한편에 뭔가가 남아 있었다. 무엇이었을까? 차고에 관한 것? 아니면 내가 그의 집에서 크리스마스를 보내고 있다는 것을 알았을 때 아저씨가 어떤 생각할까 걱정했던 것일까?

그 생각은 하고 싶지 않았다. 그러나 자꾸만 마음에 걸리는 다른 뭔가가 있었다. 조시 아줌마가 준비한 내 선물이었을까? 아침에는 달걀이 정말 먹고 싶었다. 달걀만 있으면 많은 것들을 할 수 있었다. 케이크나 쿠키를 구울 수 있었고 달걀을 휘저어 에그녹이란 칵테일 음료도 만들 수 있었다. 또 팬에 작은 해 모양으로 달걀 프라이를 할 수 있었다.

나는 주섬주섬 옷을 입고 주방으로 갔다. 집에서는 아직도 지난밤의 팬케이크 냄새가 났다.

그때 뒷문이 열리고 스카프로 머리까지 감싸고 코가 빨간 조시 아줌마가 들어왔다.

나는 아줌마에게 너무 춥고 많은 눈이 쌓였으므로 밖에 나가서는 안 된다고 말하고 싶었다. 그러나 왠지 회벽 집 여자가 하는 소리처럼 들릴 것 같았다. 그래서 난로를 향해 돌아서서 말했다.

"우유를 탄 코코아예요."

우리는 서둘러 아침을 먹었고 그런 뒤에 나는 현관 베란다에 나가 나뭇가지들을 집 안에 들여놓기 전 눈을 털어 냈다. 나는 벽난로 선반을 나뭇가지들로 가득 채웠고 뾰족한 소나무에서 크리스마스 냄새가 났다. 조시 아줌마는 크리스마스장식이 들어 있는 상자를 풀었다.

"여기 내 오래된 산타클로스가 있어."

나는 산타클로스를 나무 중앙에 거는 아줌마의 목소리가 눈물을 머금고 있음을 느낄 수 있었다.

"그리고 이거."

아줌마는 두꺼운 분홍색 플라스틱으로 된 둥근 크리스마스 장식들을 집어 들었다.

"못생겼지? 이런 게 제2차 세계대전 중에 우리가 구할 수 있는 유일한 것이었어."

아줌마는 각각의 물건들이 지닌 역사를 일일이 이야기했고 마침내 벽난로 선박 장식이 끝나고 탁자 중앙에는 홀리 가지가 담긴 그릇이 놓였다.

"반짝이는 장식 몇 개는 창문에 달아서 빛을 받게 하는 거예요."

나는 큰소리로 그렇게 말하고는 마음속으로 말했다.

'아줌마, 아줌마가 제발 행복한 마음이었으면 좋겠어요.'

"지금 선물을 줄까?"

조시 아줌마가 물었다.

"글쎄요."

나는 대답하는 둥 마는 둥 했다. 마지막으로 투명한 프리즘 장식을 걸고 있을 때 바깥에서 뭔가 움직이는 것을 보았던 것이다.

일곱, 여덟 마리의 사슴들이 집 앞을 서성이다 상록수 숲으로 가는 것이 보였다. 갑자기 뭔가가 사슴들을 놀라게 했다. 사슴들은 고개를 젖히고 코를 쳐들고는 잠시 꼼짝 않고 서 있더니 곧 흩어졌다. 두 마리는 지난밤 여우가 그랬던 것처럼 꽁꽁 언 강물 위로 뛰어갔고, 나머지 사슴들은 반대 방향에 있는 다리 쪽으로 갔다.

나는 무엇이 그들을 놀라게 했는지 보려고 했다. 나는 먼저 상록수 쪽을 바라보고, 볼 수 있는 데까지 뒤쪽을 보며 확인했다. 어디에도 불빛은 보이지 않았고 낚시꾼이 바깥 어딘가에 있다고 생각할 만한 것은 아무것도 없었다.

나는 순간 머리 위로 빛나는 반딧불이 같은 빛들과 함께 산에서 밤을 보내는 모습을 상상했다.

그리고 그때 기억이 났다. 그날 낚시꾼을 피해 도망을 칠 때 눈 속에서 초록색으로 빛나던 스티븐의 스웨터. 나는 스웨터를 차고 문손잡이에 걸어 두지 않았던 것이다. 나는 조시 아줌마에게 바깥에 나갔을 때 그 스웨터를 가져왔는지 물어보려고 입을 열었다. 그러나 조시 아줌마는 기억하지 못할 게 뻔했다. 어쩌면 나는 낚시꾼이 우리를 찾아낸 다음 무슨 일이 벌어질까를 생각하고 싶지 않았는지도 모른다.

열두 번째 그림

산더미 같은 문제

겉옷을 입고 그 위에 이지 아줌마의 스웨터까지 겹쳐 입었는데도 따뜻해지지가 않았다. 계속 잠에 빠져들었고 나는 그때마다 누군가 있다는 생각에 깜짝 놀라 잠에서 깼다. 깜깜한 방을 둘러보았지만 방에는 아무도 없었다. 나는 다시 눈을 감았고 다음 순간 내가 떨어지고 있다는 생각이 들었다. 고개가 휙 젖혀지고 팔과 다리는 뻣뻣하게 굳었다. 목에서는 비명이 터져 나왔고 한쪽으로 넘어가는 순간 가슴에 통증이 느껴졌다.

그러나 나는 정말로 잠이 들지는 않았다. 그 순간을 반복해서 떠올리고 있었다.

소리가 먼저 들렸다. 날카로운 쇳소리에 이어 마치 트럭이 죽어가는 듯 끔찍한 비명 소리가 들렸다. 바퀴가 방향을 틀고 나무에 부딪치자 차의 속도가 줄었다. 가지들이 지끈 소리를 내며 부러지고 잎들이 트럭 앞 유리로 우수수 쏟아졌다. 바위에 트럭 아래가 찢기고 트럭이 튀어 오르기 시작했다. 그렇게 진창은 아니고 자갈과 뿌리들이 널려 있는 길을 지나면서 스티븐의 손은 핸들에서 떨어졌다. 유리가 산산조각 나는 소리가 들렸고 바퀴는 빙글빙글 돌고…….

그리고 모든 것이 잠잠해졌다.

우리는 그렇게 아저씨의 산을 거의 다 내려와 있었고 스티븐은 내 옆에서 핸들에 얼굴을 묻고 있었다. 나는 두근거리는 가슴으로 그에게 손을 내밀어 어깨를 흔들었다.

"이러지 마, 스티븐. 죽지 마."

나는 스티븐의 몸을 뒤로 젖혀 머리를 의자에 기대게 했다. 그의 얼굴은 어스레한 트럭 안에서 하얗게 보였다. 눈에 보이는 상처는 하나도 없었지만, 다친 게 분명했다. 그러나 죽지는 않았다. 목 한쪽에서 가늘게 맥박이 뛰는 것이 보였고 깨진 안경 밑으로 눈동자가 움직였다. 나는 조심스럽게 안경을 벗기고 스티븐이 뭔가 말하는 것에 귀를 기울였다. 바보 여동생, 그런 말인 듯했다. 또 무슨 말인가를 했는데 미안하다고 하는 것 같았다.

"스티븐, 도움을 청해야 해."

나는 잠시 그를 바라본 뒤 트럭 밖으로 기어 나왔다. 발목이 당기는 게 느껴졌지만 이렇게 해야 한다고, 가능한 한 빨리 내려가야 한다고 스스로에게 말했다. 나는 다시 길 위로 기어 올라가기 시작했고 산길을 내려가 다리를 건너 집에 도착하는 데 얼마나 걸릴지 가늠했다. 그러고는 전화가 없다는 생각을 했다.

그럼 어떻게 하지?

다리를 지나는 헤드라이트 불빛을 본 것은 다리에 거의 다 닿았을 때였다. 이지 아줌마와 아저씨가 집으로 돌아오는 것일까?

그들이 나를 보았고 이지 아줌마가 차창 밖으로 몸을 내밀어 나를 불렀다.

"접시 몇 개를 샀어, 홀리스. 너도 보면 좋아할 거야."

그러나 다음 순간 아줌마가 말을 멈췄다.

"얘, 너 피를 흘리고 있잖아."

"트럭이요."

"얘가 무슨 짓을 한 거지? 도대체 무슨 짓을 한 거야? 그 상태로 걸어서는 안 돼."

아저씨가 말했다.

산에서 불빛들이 반짝이고 차들이 산 아래 비스듬히 주차하기까지 아주 오랜 시간이 걸린 것 같았다. 구급차는 빨간 등을 빙글빙글 돌며 요란한 사이렌 소리를 내고 월튼에서 달려왔다. 그리고 사람들이 마침내 스티븐을 데리고 내려왔지만, 나는 그의 한쪽 발과 한쪽 운동화, 발목까지 흘러내린 양말만을 볼 수 있었다.

경찰관 한 명이 고개를 저으며 이지 아줌마와 아저씨에게 이야기하고 있었다. 나는 다른 사람에게 방해가 되지 않도록 한쪽 구석에 서 있었다.

"이 산이 선생님의 산이 아니었다면, 사유지가 아니었다면 아드님은 곤란한 상황에 처했을지도 모릅니다. 사실……."

"사실, 우리는 그 아이가 괜찮아지기만을 바라야죠."

이지 아줌마가 끼어들어 말을 이었다.

나는 슬쩍 고개를 돌려 아저씨의 얼굴을 보았다. 아저씨는 입을 굳게 다물고 있었다.

응급실에서 의사 한 명이 내 이마에 다섯 바늘을 꿰매고 발목에 붕대를 감아 주었다. 스티븐도 안쪽 어딘가에 있었지만, 그에게 무슨 일이 일어나고 있는지도 나는 알 수 없었다.

우리, 그러니까 이지 아줌마와 나는 그날 밤 늦게 집으로 왔다. 아줌마는 내 옆에 머물며 나를 침대에 눕히고, 이불을 덮어 주며, 괜찮을 거라는 말을 해 주고, 내 뺨과 턱을 쓰다듬어 주었다.

"그냥 자도록 해, 홀리스. 아침이 되면 모든 게 더 나아질 거야."

그런 다음 아줌마는 다시 병원으로 돌아가 대기했다.

나는 회벽 집 여자를 생각했다. 그녀라면 내가 일으킨 문제에 놀라지도 않았을 것이다. 그녀라면 그런 일이 생기리라는 것을 미리 알았을 것이다. 내가 만약 산에 오르지 않았다면 스티븐이 트럭을 몰고 산꼭대기까지 왔을까? 그리고 스티븐과 아저씨 사이의 다툼도……. 이지 아줌마가 뭐라고 했던가?

"이번 여름엔 더 심해졌지."

내가 가족 전체를 망쳐 놓은 것이다.

날이 밝기 전 나는 배낭에 짐을 꾸렸다. 짐이 다 들어가지 않아서, 몇 가지 잡동사니들과 빨랫줄에 걸려 있던 수영복은 남겨 두기로 했다. 나는 내 스케치북 한 장을 찢어서 편지를 썼다.

전부 제 잘못이에요.
제가 산이 보고 싶었어요.
저는 롱아일랜드로 돌아갑니다.
제발 저를 찾으러 오지 마세요.
이제 가족이 되는 걸 원하지 않아요.

나는 떠나기 전 뒤를 돌아보았고, 마음속에 그 모든 모습을 남겼다. 회벽 집 여자에게 돌아가는 데 내 도주비를 쓴다는 것이 이상했다. 회벽 집 여자가 선선히 나를 집으로 들여보내 주고, 내 붕대를 보고 혀를 차고, 일주일 후 의사에게 데리고 가 실밥을 빼 주었을 때는 더욱 이상했다.

입양기관의 수완가인 에미가 나를 보러 와서 스티븐이 괜찮을 거라고 말해 주었다.

"갈빗대가 부러졌어. 그리고 팔뼈가 골절됐고."

에미가 뭔가 더 말하려고 여전히 입을 벌리고 있을 때, 내가 먼저 말을 꺼냈다.

"다시는 돌아가고 싶지 않아요. 그들 중 누구와도 만나고 싶지 않아요."

에미는 이유를 알아내려 애썼지만, 나는 의자에 발을 부딪치며 창밖만 바라보았다. 에미는 한숨을 내쉬고 내가 그대로 회벽 집 여자와 지내도록 내버려 두었다.

그러나 나는 그렇게 하지 않았다. 9월까지만 그곳에 있다가 다시 도망쳤다.

조시 아줌마와의 시간

"내 사촌 베아트리스가 봤으면 좋아했겠다."

조시 아줌마가 방을 둘러보며 말했다

"다만……."

나는 그렇게 아름다운 크리스마스를 본 적이 없었다. 어딜 보나 솔가지들이 있었다. 우리는 12개쯤 되는 양초도 찾아냈고, 거기에 전부 불을 붙였다. 크리스마스 장식들이 빛을 받아 반짝거렸다.

다음 순간 조시 아줌마가 뭔가 말하려던 것이 생각났다.

"다만 뭐요?"

아줌마가 살짝 어깨를 으쓱해 보였다.

"베아트리스와 난 항상 함께 크리스마스를 보냈어. 베아트리스는 내가 잊어버렸을 때 나를 대신해 여러 가지 것들을 기억해 내지. 우리가 젊었을 때 일들 말이야."

조시 아줌마의 이마에 주름이 생겼다.

"방파제에서 낚시를 하던 일."

나는 목이 메었다.

"언젠가는 집에 올 거예요."

그렇게 말은 했지만 스스로도 그게 언제가 될 지 궁금했다.

"내년에?"

조시 아줌마가 물었다.

나는 창밖을 내다보았다. 내년에 대한 생각은 하고 싶지 않았다. 그때가 되면 우리는 어디에 있게 될까?

"잠깐만요. 눈 좀 감아 보세요."

나는 내가 그린 그림을 가져와 탁자 위해 펼쳐 놓았고, 그림 위로 촛불 그림자가 어른거렸다.

"베아트리스와 함께 있는 아줌마예요."

아줌마는 심호흡을 하고 그림 위로 몸을 숙였다. 그리고 그림 언저리를 따라 손가락을 쓸었다.

"우리가 젊을 때네. 그리고 이 팝콘 기계 좀 봐."

아줌마가 나를 올려다보며 웃음지었다. 그리고 한쪽으로 고개를 기울여 바닥에 떨어진 팝콘 조각을 톡톡 건드리고 있는 헨리를 보았다.

"늘 그렇게 모든 것을 관심을 갖고 보도록 해야 해."

그러고는 자리에서 일어나 나를 남겨 두고 빠른 걸음으로 주방으로 들어갔다. 그리고 손에 둥근 깡통 하나를 들고 돌아왔다.

"이건 산타클로스 선물이야."

나는 깡통을 어루만졌다.

"이걸 어디서 찾으셨어요?"

이지 아줌마의 사탕이었다. 어느 화창한 오후 이지 아줌마는 현관 베란다에 서서 깡통을 내게 건넸다.

"레몬 사탕이야. 오렌지도 있고. 그 사탕들이 널 달콤하게 만들어 줄 거야. 애정이 넘치도록 만들어 주고."

이지 아줌마는 몸을 기울여 내 어깨를 어루만졌다.

"넌 항상 한쪽 뺨이 불룩하구나."

며칠이 지난 후 내가 캔디를 다 먹어 갈 때쯤 스티븐이 말했다.

"그 상태로 굳어 버릴 거야."

아, 이지 아줌마, 스티븐.

나는 뚜껑을 열어 조시 아줌마에게 내밀었다.

"먼저 고르세요."

갚아야 할 것이 하나 더 늘었다. 이지 아줌마의 사탕을 그냥 가질 수는 없었다.

"가지렴. 무엇이든 가져가, 홀리스. 난 항상 딸 하나가 있었으면 했어."

문득 이지 아줌마가 팔을 내두르며 했던 말이 기억났다.

"네게 줄 진짜 선물이 있어."

조시 아줌마가 입 안에서 사탕을 굴리며 말했다.

나는 아줌마가 이지 아줌마와 아저씨의 침실로 들어가는 것을 궁금한 마음으로 지켜보았고, 아줌마는 두 팔에 뭔가를 안고 돌아왔다.

"마침내 완성되었어."

등 뒤로 해초 머리를 늘어뜨린 내 나무조각상이었다. 그 크기가 조시 아줌마의 반은 되는 듯했다. 어딘가 실제 나보다는 나이가 들어 보였다. 그러나 작은 코, 커다란 눈, 이마에 있는 작은 상처까지 그 얼굴과 내민 두 팔을 만지며 그것이 나임을 알 수 있었다.

그러나 진짜 나는 아니었다.

나는 더 가까이 들여다보니 너무 슬퍼 보여서 가슴이 찡해졌다. 그리고 펼쳐든 두 팔을 쓰다듬었다.

"이리 오렴."

상록수에 앉아 있는 작은 새들 가운데 하나처럼 가냘픈 조시 아줌마가 고개를 끄덕이며 말했다. 나는 아줌마에게 두 팔을 뻗어 작은 어깨를 느끼며 꼭 껴안았다. 눈물로 두 눈이 뜨거워졌다.

"예뻐요."

"너랑 닮은 것 같아?"

나는 아줌마를 놓아 주며 말했다.

"나만큼 거칠게 보이지 않아요. 문제가 산더미같이 많은 아이로는 보이지 않네요."

나는 애써 웃어보였다. 아줌마가 고개를 저었다.

"어쩌면 넌 거칠어져야만 할 때 거친 건지도 몰라. 하지만 문제라니? 너 없이 내가 뭘 할 수 있었겠어?"

조시 아줌마는 손으로 내 턱을 들어 자신의 얼굴을 볼 수 있도록 했다.

"내가 너를 바라보는 것과 똑같이 네 스스로를 볼 수 있었으면 좋겠어."

"하지만 전……."

내가 말을 꺼냈지만, 아줌마가 말을 막았다.

"착하지 않다고? 친절하지 않다고? 도움이 되지 않는다고? 사랑받고 싶어 하지 않는다고? 그렇지 않다는 걸 너도 알잖아."

나는 그 순간, 잠깐이지만 정말로 울었다. 만약 자제력을 잃고 눈물이 나오는 대로 두었다면 멈추는 게 쉽지 않았을 것이다. 조시 아줌마도 울고 있었다.

"집에 가고 싶어 하신다는 걸 알아요."

머릿속으로 온갖 생각들을 하며 그렇게 말했다. 나는 우리가 여기서 가족이 될 수 있다고 말하고 싶었지만, 아줌마는 자신의 집에 있고 싶어 했고, 베아트리스와 크리스마스에 쿠키를 만들고 싶어 했으며, 화요일과 목요일에 영화관에서 팝콘을 만들며 보내고 싶어 했다.

우리는 함께 소파에 앉고 헨리는 조시 아줌마의 무릎에 앉아 늦은 오후의 빛 속에서 촛불이 빛나는 것을 지켜보았다. 벽난로에서 타고 있던 불이 나무 바닥과 벽에 따뜻한 그림자를 드리웠고, 내 옆에서는 아줌마가 눈을 감고 있었다. 아줌마는 머리를 소파에 기대고 잠이 들었다.

나도 반쯤 잠든 상태로 그 자리에 앉아 있었고, 문득 다음날이 스티븐의 생일이라는 것을 기억해 냈다. 그 생각을 하니 가슴이 아팠다. 나는 천천히, 그리고 조용히 자리에서 일어나 스티븐의 방으로 들어갔다. 나는 그의 경대 위에 놓인 흐릿한 사진을 집어 들었다. 사진의 반은 어둡고, 나머지는 온통 파란 빛깔과 초록 빛깔이었으며, 중앙에는 희미한 형체가 보였다. 그 사진에 있는 것은 강이었다. 나는 그 순간 보았던 것이다. 강둑 위의 홀리 수풀과 그 뒤로 가장 흐릿하게 보이는 높이 솟은 아저씨의 산을 말이다. 강에는 배가 있었고 내가 타고 있었다.

어떻게 이제까지 알지 못했을까?

"이봐, 노 젓는 걸 멈춰 봐. 네 사진을 찍을 거야."

나는 얼굴 가득 햇빛을 받으며, 발가락 끝까지 행복감을 느끼며, 스티븐을 올려다보았다. 그때 스티븐이 강가에 서서 사진을 찍었다.

"넌 예쁘게 웃는 얼굴을 가지고 있어. 스탬프로 만들어서 브랜치스 전역에 팔 수 있겠다."

"안됐지만 너 렌즈에서 엄지손가락을 떼지 않은 것 같다."

"안됐지만 너 노를 놓친 거 같다. 멀리 떠내려가고 있어."

나는 조심스럽게 사진을 내려놓고는 스웨터를 가지러 아래층으로 내려갔고, 옷걸이에 걸린 웃옷을 걷어 냈다. 그 순간 뭔가가 떨어졌다. 처음 조시 아줌마의 바다를 보러갔을 때 주웠던 조개껍데기였다. 나는 그것을 주워 얼굴에 가져간 다음 다시 주머니에 집어넣었다.

나는 바깥에, 추운 곳에 나가야 했다. 너무 추워서 얼음과 눈 말고는 그게 무엇이든 생각나지 않도록.

'무엇이든.'

회벽 집 여자라면 그렇게 말했을 것이다.

열세 번째 그림

회의실

내가 아는 것은 이 그림이 아직 입양기관 회의실에 있을지도 모른다는 것이다. 그림은 나무 무늬 벽지를 바른 작은 사무실을 그린 것이다. 회의실 중앙에는 탁자 하나가 놓여 있었고, 나무에 누군가의 이니셜인 TR이 새겨져 있었다. 완성된 그림은 아니었다. 하지만 에미와 겨자녀는 그 사실을 알지 못했다. 그들은 탁자 앞에 앉아 있는 여자아이가 나라고 생각했다. 웃고 있는 여자아이는 내가 아니라 가공의 인물이었다.

거기 앉아 있을 때 나는 웃지 않았다. 어떻게든 똑바로 앉아 있으려고 했지만 무릎이 떨려 왔다.

"리건 씨가 너와 얘기를 나누고 싶으시대."

에미가 말했다. 나는 그녀를 쳐다보지도 않고 종이에 스케치를 하며 고개를 저었다.

에미가 내에게 몸을 기울였다.

"여기까지 널 보러 오셨어, 홀리."

"홀리스."

"무슨 말을 하는지 들어나 보자."

나는 다시 고개를 저었지만 에미는 내 손을 톡톡 두드리고 문밖으로 나갔다.

아저씨가 내 앞에 서 있었다. 나는 여전히 고개를 들지 않았다.

"죄송해요."

기어들어가는 목소리로 말해 그가 내 말을 들었는지는 확신할 수 없었다.

"스티븐의 잘못이었어."

아저씨가 말했다.

"아니에요."

"그 애가 트럭을 몰고……."

아저씨가 손을 저었다.

"홀리스, 그런 건 아무 상관없어. 우리는 그냥 네가 집에 오기를 원해."

나는 일어날까 생각했다. 아저씨에게 두 팔을 두르고, 함께 차가 있는 곳으로 가고 싶었다. 나는 차가 그들의 현관에 닿았을 때 어떤 느낌이 들까 생각했다.

"이지와 스티븐에게는 여기 온다는 말을 하지 않았다. 말했다면 같이 오려고 했을 거야. 먼저 네가 우리와 함께 하고 싶은지 확실히 해야 했어."

이지 아줌마는 문 앞에 서 있을 테고 스티븐이 그 옆에 서 있을 것이다. 우리는 서로를, 함께 껴안을 것이다. 그리고 부엌에는 팬케이크와 사탕이 준비되어 있을 것이다.

그러나 그런 생각은 잠시뿐이었다.

"스티븐의 잘못이 아니었어요. 제가 먼저 산에 올라갔어요."

"그렇다고 달라지는 건 아무것도 없어."

아저씨는 스티븐을 비난하고 있었다. 만약 내가 아저씨와 함께 집으로 간다면 그들은 항상 스티븐을 비난할 것이다.

"아빠는 네가 뛰어난 아이라고 생각해."

스티븐은 내게 그렇게 말했다. 나는 마음이 바뀌기 전에 얼른 고개를 저었다.

"여기 그대로 있을래요."

아저씨는 타이르며 내 마음을 바꾸려고 했다. 그러나 나는 그가 하는 말을 듣지 않았다. 나는 그림 그리던 것을 멈췄다. 탁자 아래로 두 손을 꼭 쥐고는 한 번도 그를 쳐다보지 않았다. 조금 뒤 아저씨는 떠났다.

에미가 눈에 눈물이 그렁그렁한 채로 들어왔다.

"거친 걸 원해요? 거친 게 뭔지 보여 줄게요."

조시 아줌마와의 시간

밖은 이제 어둑어둑했다. 은빛 달이 아저씨의 산 위에 곡선을 그리며 걸려 있었고 하늘에는 별 하나가 겨우 보이기 시작했다.

"행성이야, 홀리스. 천문학을 제대로 알아야지."

스티븐이 있었다면 그렇게 말했을 것이다.

만약 다시 울게 된다면 눈물이 두 뺨에서 그대로 얼어붙을 것 같았다.

홀리 수풀 옆 보송보송한 눈을 밟으니 뽀드득 발자국 소리가 났다. 부드럽고 하얀 베개들이 쌓여 있는 것 같은 모습에 누구도 거기에 수풀이 있었다고는 생각하지 못할 것이다. 내 앞으로 흐르던 강도 사라져 보이지 않았다.

나는 가만히 서서 그 모든 것을 바라보았다. 그리고 눈 아래에 있는 세상을 보여 줄 그림을 어떻게 하면 그릴 수 있을지 생각했다. 날카롭고 빛나는 잎들이 눈 속에 숨어 있었고, 얼음 밑으로는 차가운 강물이 빠르게 흐르고 있었다.

베아트리스가 이마로 흘러내린 머리를 쓸어 넘기는 그림이 떠올랐다.

"그림은 하나의 언어야. 넌 그 언어를 구사하는 법을 배워야 하는 거야."

멀리서 희미하게 전기톱 소리가 들려왔다. 누군가 장작으로 쓸 나무를 자르고 있는 게 분명했다. 나는 눈을 감았다. 스티븐과 아저씨가 고개를 돌리며 말했다.

"로저네 톱이야. 분명히 사과 과수원에 있던 거야. 아니면 호퍼네가 드디어 그 죽은 느릅나무를 베기 시작한 것이던가."

아니, 전기톱이 아니었다. 산 반대편에서 나는 듯한 스노모빌 소리였다.

눈덩이 하나가 지붕에서 툭하고 떨어졌다. 나는 그 소리에 고개를 돌려 가족이 되어 살고 싶었던 그 집을 바라보았다. 처마 끝에는 커다란 고드름들이 달려 있었다. 나는 갑자기 추위를 느껴 더 이상 밖에 있을 수 없었다. 나는 위층 내 방, 침대 가장자리에 앉아 떨리는 몸이 따뜻해지길 기다렸다. 그러고는 배낭이 있는 곳으로 가서 그림들을 꺼내 울퉁불퉁한 하얀 침대 시트에 모두 펼쳐 놓았다.

그 여름 그림들에서 내가 파란색을 얼마나 많이 사용했는지 알 수 있었다. 파란 강, 파란 아저씨의 융단들, 파란 이지 아줌마의 로켓(여자 장신구의 하나. 사진이나 기념품, 머리카락 따위를 넣어 목걸이에 다는 작은 갑), 흐릿한 윤곽의 나무, 잎, 산언저리의 초록색. 내가 사랑하는 색깔들이었다.

조시 아줌마를 그린 그림들은 침대 중앙에 놓여 있었다. 부두 위에서 해초에 손을 뻗는 아줌마, 복숭아나무와 라일락 나무 그늘 아래 있는 아줌마, 그리고 아줌마가 속하는 곳에서 행복해 하는 아줌마.

조시 아줌마는 이곳과 어울리지 않았다. 자신의 집에서 베아트리스와 헨리, 벽에 있는 성난 펠리컨과 함께 있는 것이 어울렸다.

아줌마는 바다 가까이 있어야 했다.

나는 내가 무엇을 해야 하는지 알고 있으면서도, 침대 머리판에 머리를 기대고 한참을 앉아 있었다. 나는 아직도 얼음처럼 찬 손을 문질렀다. 식료품점 바깥에 있는 전화기까지는 6킬로미터를 가야 했다. 걷기에는 긴 거리였지만 갈 수 있었다. 내가 해야하는 일은 베아트리스에게 전화를 걸어서 부탁하고, 애원하는 것이다.

조시 아줌마와 나는 집으로 갈 것이다. 아줌마는 베아트리스에게 돌아가고 나는 다른 곳으로 가야 했다. 나는 그리다 만이지 아줌마 그림을 바라보았다. 공동묘지에서 손에 데이지 꽃병을 든 모습이었다. 아줌마가 뭐라고 했더라?

"집 안 곳곳에 아이들이 있길 바랐어."

또 뭐라고 했지? 아줌마가 스티븐과 아저씨에 관해 한 말이 뭔가 더 있었다.

"이번 여름엔 더 심해졌지."

이지 아줌마 생각은 그만둬야 했다. 그들을 내 마음에서 몰아내야 했다. 떠나기 전에 그들을 그린 그림들을 모두 난로에 태워 버릴 생각이었다. 그리고 이지 아줌마와 아저씨, 스티븐을 모두 잊을 것이다.

나는 '가족이 된 것을 환영해' 케이크를 들고 등으로 문을 밀고 나오던 이지 아줌마 그림을 내려다보다가 내가 기억하지 못했던 무언가를 보았다. 그것은 아저씨가 스티븐의 어깨에 손을 올려놓은 모습이었다.

첫 고기를 낚은 내 그림이 보였다. 스티븐은 내 앞에서 그물을 들고 있었고, 아저씨는 웃음짓고 있었다. 그러나 내가 아니라 스티븐을 바라보며 웃고 있었다.

또다른 그림. 짝짝이로 양말을 신은 스티븐이 등만 보인 채 차 엔진에 머리를 박고 있고, 아저씨는 엉덩이에 양 손을 짚고 서 있다. 그러나 아저씨의 눈은 부드러웠다.

다시 머릿속에 베아트리스가 떠올랐다. 언젠가 그녀가 내게 뭐라고 했더라?

"때때로 우리는 우리 자신의 그림들로부터 알게 되지. 우리가 모른다고 생각했던 것들이 거기 있는 거야."

갑자기 입술이 말라왔다.

나는 일어서서 침대를 돌아 반대편으로 걸어갔다. 배에 그들이 있었다. 아저씨가 뭔가 말했고, 그 말에 스티븐이 웃음을 터트렸다.

어떻게 모든 것을 그리고도 보지 못할 수가 있었을까?

아저씨는 당연히 스티븐을 사랑했다. 내가 있든 없든 스티븐을 사랑할 게 분명했다. 나는 아무것도 아닌 걸로 가족 모두를 포기했던 것일까?

'네가 가족에 대해서 뭘 알아? 가족은 가져 본 적도 없잖아.'

머릿속에서 스티븐이 말했다.

나는 이지 아줌마가 했던 말도 기억해 냈다.

"그들 스스로 방법을 찾아야 할 거야."

나는 또다른 그림을 집어 들었다. 입에 사탕을 문 내 그림이었다. 마음 한편에서 떠오르는 다른 무언가가 있었다. 라디오와 관련된 무엇? 왜 라디오지?

잠깐만, 조시 아줌마가 산타클로스가 라디오를 가져왔으면 하는 얘기를 하면서 뭐라고 했지?

그리고 나는 기억해 냈다. 우리는 농담을 주고 받았다.

"산타가 썰매를 타고."

"그건 백 년 전 이야기고. 지금은 올 때……."

스노모빌? 사탕을 가져온다? 스티븐? 팬케이크와 사과소스?

나는 침대에서 내려왔다. 그림을 손에서 떨어뜨리고 손을 입으로 가져갔다.

차고 문손잡이에 걸려 있던 스웨터.

뒷문 계단에 있던 홀리 가지.

'진정해, 홀리스.'

숨이 막힐 듯했다.

나는 발이 계단에 닿지 않을 만큼 빠르게 계단을 내려갔다. 아저씨의 반짝이는 마루를 달려 조시 아줌마가 잠들어 있는 소파 앞에 멈춰 섰다.

그리고 아줌마 옆에 앉아, 헨리의 거친 털 위에 한 손을 올려놓았다.

"일어나세요, 아줌마. 산타클로스에 관해 아줌마에게 묻고 싶은 게 있어요."

조시 아줌마와의 시간

조시 아줌마는 소파 쿠션에 편안히 머리를 누인 채 내가 질문을 퍼붓는 동안에도 계속 잠을 잤다. 아줌마와 함께 있던 헨리도 눈을 감은 채 희미하게 가르랑거렸다. 아줌마는 내가 아무리 흔들어도, "제발, 아줌마. 지금 당장 알아야겠어요."라고 애원을 해도, 통조림 수프와 이지 아줌마의 사탕, 따뜻한 차 한 잔을 내밀어도 계속 잠만 잤다.

마침내 나는 포기하고 말았다. 그리고 시커먼 정사각형을 만들고 있는 창문을 바라보았다. 달도 별도 아저씨의 산 너머로 사라지고 자취를 감췄다.

나는 주방으로 들어가 먹을 것을 만들었다. 남은 참치 위에 통조림 파인애플을 올리고 시리얼도 조금 뿌렸다. 그것을 주방 카운터에서 허겁지겁 먹고는 코코아를 만들었다. 코코아를 조금 식힌 뒤 조시 아줌마의 코 밑에 갖다 댔다.

"냄새 좋죠? 눈 좀 뜨고 한 모금 마셔 보세요. 그리고 말씀해 주세요."

아줌마는 내가 아줌마 이마에 뽀뽀를 하자 잠결에도 방긋 웃어 보였다. 나는 다시 위층 침실로 올라가 자리에 누워서 목까지 올라오는 심장박동 소리를 들으며 오랫동안 깨어 있었다.

어쩌면 홀리 가지는 그냥 바람에 날려 뒷문 계단에 떨어져 있었는지도 모른다. 어쩌면 조시 아줌마는 우연히 집 안에서 그 사탕을 찾았을지도 모른다. 어쩌면.

이런 생각을 하다 나는 잠이 들었고 머릿속에서 스티븐의 목소리가 들리는 듯했다.

'메리 크리스마스, 홀리스 우즈.'

다음날 아침 나는 동이 트자마자 잠에서 깨어났다. 햇볕이 내리쬐어 창문 위의 얼음을 녹이는 화창한 날이었다. 아래층으로 내려가 보니 조시 아줌마는 여전히 소파에 잠들어 있었다. 잠에서 막 깬 헨리는 네 다리를 쭉 뻗어 기지개를 펴고 있었다. 나는 헨리를 밖으로 내보내고는 문간에 서서 두 팔로 몸을 꼭 감쌌다. 그리고 가늘게 눈을 뜨고 눈부신 세상을 바라보았다. 스노모빌이 내는 톱질 소리가 들리지 않는지 귀를 기울이고 있었다.

마침내 조시 아줌마가 눈을 떴다.

나는 조심스럽게 말을 꺼냈다.

"어제가 크리스마스였어요."

아줌마가 내게 웃음지어 보였다.

"산타클로스가……."

내가 노래를 불렀다.

"…… 마을에 와요."

아줌마가 마저 노래를 끝마쳤다.

"그가 우리에게 왔네요."

"이 눈을 뚫고."

"그런데 어떻게 생겼어요?"

아줌마는 손으로 얼굴을 쓰다듬으며 생각에 잠겼다.

"추워 보였어."

"그리고 아줌마에게 사탕을 주었고요?"

"한 번은, 그러니까 베아트리스와 내가 어릴 때는 벙어리장갑을 가져왔었어. 베아트리스는 빨간색, 나는 파란색으로. 우리는 한 짝씩 바꿔서 꼈지. 우리는 겨울 내내 한 손에는 파란색, 다른 손에는 빨간색 장갑을 끼고 다녔지."

나는 아줌마에게 다가가 머리를 매만졌다.

"베아트리스에게 전화를 걸 거예요."

"이제 집에 가는 거야?"

"아마도, 그럴 것 같아요. 여기서 기다리실 수 있어요? 전화가 있는 곳까진 한참 걸어야 해요. 아침나절 내내 나가 있을 거예요."

아줌마가 주방으로 들어가면서 부르는 노래의 일부가 들려왔다.

"아주 오랜 시간이 걸린다 해도 나는 기다려……."

나는 우리 둘의 아침으로 시리얼을 잔뜩 내놓았다. 그리고 몇 겹으로 스웨터를 껴입고, 스티븐의 양말을 세 개나 겹쳐 신고, 그 위에 재킷을 걸쳤다. 마지막으로 아줌마에게 돌아서서 물었다.

"사탕은 어디서 났어요?"

"깡통에 들어 있어. 오렌지 맛이랑 레몬 맛이야. 입맛이 다셔지지."

"다녀올게요."

문을 열자 지붕에 달려 있던 고드름들이 녹아서 뚝뚝 떨어지는 소리가 들렸다. 그리고 헨리가 안으로 쏜살같이 달려오는 것을 보고 뒤로 물러났다.

바깥으로 나간 나는 먼저 도로를 따라갈까 하는 생각을 했다. 설사 내가 잡힌다 해도 무슨 차이가 있단 말인가?

그러나 차이가 있었다. 먼저 베아트리스에게 전화를 걸고 싶었다. 베아트리스에게 조시 아줌마와 살겠다는 말을 듣고 싶었다.

'그녀가 그러지 않겠다고 하면?'

스티븐이 물었다.

나는 고개를 저었다.

'올 거야. 그럴 거라고 생각해.'

나는 머릿속에서 스티븐을 몰아내고 나무들 사이를 터벅터벅 걸었다. 까마귀들이 내는 소리와 어치의 새된 울음소리가 들려왔다. 그 와중에도 나는 계속해서 스노모빌이 내는 윙윙 소리를 들으려고 귀를 기울였다. 한편으로는 스스로에게 내가 지어낸 것이라고, 스티븐이 아니었다고 말했다.

만약 스티븐이면 어쩌지? 스티븐에게 뭐라고 말하지?

이십 분쯤 지났을 때 희미하게 모터 소리가 들려왔다. 누구든 그 소리의 주인공이 스티븐일지도 모른다고 생각했지만, 나는 깊은 눈 속에 푹푹 빠지는 발을 들어 올리며 도로를 향해 달렸다.

나는 스티븐을 보았다. 머리에는 헬멧을 쓰고 손에는 두꺼운 장갑을 낀 채, 스노모빌의 핸들 위로 몸을 굽히고 있는 스티븐의 모습을. 그리고 스티븐은 가까스로 도로 위에 발을 내딛어 나를 보고 미끄러지듯 멈춰 섰다.

나는 입술을 깨물며 그 자리에 서 있었다. 스티븐이 헬멧 유리를 젖히는 순간 나도 모르게 눈물이 하염없이 흘러내렸다.

"홀리스 우즈, 어딜 가는 거야?"

"스티브 리건."

나는 입술을 떨며 말했다.

"생일 축하해."

그러고는 우리 둘다 웃음을 터트렸다. 울음 대신 웃음을 터트렸다.

"사탕 고마웠어."

나는 그전보다 더 야윈 그의 얼굴을 바라보며 가까스로 말했다. 그의 두 눈은 어딘가 좀 더 나이 들어 보였다.

"그 사탕은 정말 싫어."

"그리고 홀리 가지도."

그는 고개를 약간 기울이고는 다시 한 번 내 이름을 불렀다.

"홀리스 우즈."

"내가 여기 있는 건 어떻게 알았어?"

스티븐이 한쪽 어깨를 으쓱해 보였다.

"입양기관에서 너를 찾는 편지가 왔어."

나는 겨자녀가 아이가 없어졌다는 편지를 내가 있었던 모든 집에 보냈을 것을 생각하며 고개를 끄덕였다.

"내가 아빠한테 말했어. '홀리스는 그 집을 사랑해요.' 라고 말이야. 하지만 아빠가 들었을 거 같아? 물론 아니지."

나는 침을 꿀꺽 삼켰다.

"너랑 아저씨는 여전히 싸우는구나."

"'만약 그 애가 그 집을 그렇게 사랑했다면 지금 우리와 함께 있었을 거야.' 라고 아빠가 말하더군. 하지만 나는 알고 있었지. 난 큰 눈보라가 치던 때만 빼고 매일 여기 있었어."

나는 추위에 몸을 떨었다. 우리 주위로 바람이 불었고 내 발은 점점 감각을 잃어가고 있었다.

"우린 요 몇 달 동안 네가 집으로 오기를 바라고 있었어. 왜 안 온 거니, 홀리스?"

그 순간 나는 굵은 눈물방울을 뚝뚝 흘렸다. 나는 핸들에 몸을 기대고 목으로 내는 듣기 싫은 울음소리를 멈출 수 없었다.

스티븐은 커다란 장갑 속에 손을 넣은 채 그 자리에 서 있었다. 그러고는 손을 뻗어 두 팔로 나를 감싸고는 자신 쪽으로 끌어당겼다.

"아빠는 네가 없어졌다는 소리를 듣고는 롱아일랜드까지 갔어. 이리저리 돌아다니면서 미친 듯이 널 찾아다녔어."

"왜 아저씨한테는 말하지 않은 거야?"

"널 위해 그렇게 하고 싶었어. 어쨌든 그랬어. 네게 시간을 주려고."

스티븐이 잠시 말을 멈췄다.

"너 유명해졌어. 네 사진이 신문에 났다니까. 어떤 사진이냐고 묻는다면 글쎄, 아주 끔찍한 사진이야."

스티븐은 말을 계속했고 나는 계속 코를 훌쩍이며 눈가의 눈물을 닦아 냈다. 그러고는 다시 눈물을 흘리기 시작했다.

"네가 안전할 줄 알고 있었어."

그가 내 어깨에서 팔 하나를 떼서 휘저었다.

"내가 너와 네 친구를 지켜보는 한 말이지."

"뻔뻔하기는."

"내가 가져온 음식이 없었다면 벌써 굶어 죽었을 거야."

스티븐은 얼굴을 찡그리더니 말을 이었다.

"난 아직도 모르겠어. 네가 왜……."

"내 생각에는……."

나는 말을 꺼내다가 입술을 깨물었다. 나는 아저씨가 스티븐를 사랑하지 않는다고 생각한 것을 스티븐에게 털어놓지 않았다.

"너와 아저씨는 항상 다퉜고, 내 생각에는 그게……."

나는 두 손으로 손사래를 쳤다.

"너 때문이라고? 아, 홀리. 그건 누구 때문도 아니야. 내가 말했잖아. 우린 원래 그렇다고."

나는 도로를 응시했다. 차는 한 대도 보이지 않았고 눈이 내려앉은 나무들은 몸을 굽히고 있었다.

"나는 지저분하고 아빠는 깔끔하지. 나는 잘 잊어버리고 아빠는 잘 기억하고. 우리는 서로를 미치게 만들지. 하지만 괜찮아."

나는 두 손으로 뺨을 문지르며 눈물을 닦아 냈다. 아주 단순하게, 그게 있는 그대로의 그들 모습이었다.

"내가 말했지. 넌 아직 가족에 대해서 모른다고."

스티븐의 고개가 비스듬히 기울여 있었고 그의 눈은 웃고 있었다. 스티븐이 스노모빌에 등을 기대며 말했다.

"아빠는 그 사고가 내 잘못이라는 걸 알았어."

"내 잘못이었어."

나는 한숨을 쉬며 말했다.

"항상 모든 게 네 잘못이어야 하는 거야?"

나는 어깨를 들썩여 보였다.

"사고가 난 뒤에, 네가 한 장소에 오래 머물지 않는다는 말을 들었다고 아빠가 말하더라. 하지만 아빠는 우리와 있을 때는 달랐다고 했고, 뭔가 다른 이유가 있다고 했어. 그게 뭐였어? 내 생각에는……."

"내가 네 가족을 엉망으로 만들었어."

"그 이야기를 듣고 아빠가 뭐라고 할지 궁금하다."

나는 가로수에 쌓인 눈이 바람결에 흩날리는 것을 지켜보았다.

'아저씨, 사랑해요.'

스티븐이 내 어깨를 문질렀다. 내가 추위에 떨고 있는 것을 알았던 것이다.

"내가 네 대신 낚싯대를 차고에 치워 놓고 손잡이에 스웨터를 걸어 두었어."

"낚싯대?"

나는 손을 입으로 가져갔다.

"낚싯대는 까맣게 잊고 있었어. 지금까지도."

"이런, 홀리, 네게도 희망이 있다고 내가 말했지. 난 다음 여름에 트럭을 고칠 거야. 어때? 도와줄 거야? 집에 돌아올 거야?"

나는 아무 말도 하지 않았다. 할 필요가 없었다. 나는 스노모빌 뒷자리에 올라탔다.

"식료품점에 있는 전화기까지 데려다 줘."

스티븐이 시동을 걸었고, 우리는 등 뒤로 눈을 뿜어 내며 베아트리스에게 전화를 걸기 위해 고속도로를 달렸다.

조시 아줌마와의 시간

스티븐은 몹시 추운 전화 부스 옆에 서 있었다. 그의 안경에는 김이 서려 있었고 입에서는 작고 하얀 입김이 나왔다. 스티븐은 계속 이야기를 늘어놓았다.

"엄마에게 걱정하지 말라고 했지. 네가 크리스마스에는 집에 올 거라고 말이야."

스티븐은 두 눈썹을 꿈틀거렸다.

"물론 나는 네가 어디 있는지 알았지."

"잠깐만, 안 들려."

나는 지난 몇 주 동안 기억해 왔던 번호를 돌리며 말했다.

"크리스마스 다음날이면 꽤 근접하지."

스티븐이 나를 보며 싱긋 웃었다.

그 순간 베아트리스의 달콤한 목소리가 귓가에 들려왔다.

부드러웠지만 조금 숨이 가쁜 듯했다.

“저예요, 홀리스 우즈요.”

베아트리스는 잠시 대답이 없었다. 그러나 한 번 시작하자 멈출 수 없는 것처럼 쉴새없이 말을 쏟아 냈다.

“며칠 동안 계속 전화했었어. 홀리스, 어디 있는 거니? 언니는 괜찮은 거야? 언니가 어디 있는지 알아? 제발 알아야 할 텐데. 걱정돼 죽겠어.”

정말로 숨이 가빠진 베아트리스가 잠시 말을 멈췄다.

나는 두 눈을 감았다. 베아트리스는 걱정하고, 조시 아줌마는 불행하고, 아저씨는 나를 찾아다닌다. 내가 무슨 짓을 한 것일까?

“저랑 함께 계세요.”

스티븐이 바로 옆에 서 있는데도 여전히 머릿속에서 스티븐의 목소리가 들려왔다.

‘만약 네가 그 소동을 일으키지 않았다면, 집에 돌아올 수 없었을지도 몰라.’

“조시 아줌마는 집에 돌아가고 싶어해요. 집은 기억하는데, 다른 건 많이 잊어버리셨어요. 기관에서 그 집에 아줌마 혼자 있게 하지는 않을 거예요. 그리고 저도 다른 곳에 보내려고 하고요.”

“집에 갈게, 홀리스. 지금 당장 갈게. 걱정하지 마. 당장 이

사를 가서 언니와 함께 지낼 거야."

베아트리스는 흥분한 목소리로 말했다.

"사막을 그리는 것도 이제 신물이 났어. 내 인생에는 눈이 있어야 해. 조시 언니와 헨리도 봐야 하고."

스티븐은 손을 따뜻하게 하려는 듯 짝짝 손뼉을 쳤다.

"그건 그렇고, 우린 네 방을 꾸미기 시작했어. 아빠한테 방을 녹색으로 칠하자고 말했어. 홀리의 녹색 말이야."

"돌아오면, 조시 아줌마가 아주 기뻐할 거예요."

나는 스티븐을 바라보며 동시에 두 사람의 이야기를 들으며 말했다.

"하지만 아빠는 네 방을 파란색으로 칠하고 싶어하지. 아빤 '홀리스는 파란색을 좋아해.'라는 말만 해. 아빠가 뭘 알겠어? 프렌치 블루? 아빤 그렇게 부르더라."

나는 싱긋 웃어 보였다. 아저씨는 나에 대해 많은 것을 알고 있었다. 스티븐에게는 아저씨가 나에 대해 많은 것을 알고 있다는 말을 하지 않아야겠다.

나는 베아트리스에게 우리가 곧 집에 갈 것이라고, 우리는 괜찮다고, 아무 일 없다고 말하고, 전화를 끊었다.

스티븐은 이로 장갑을 벗어던지고는 동전을 더 꺼내 선반 위에 늘어놓았다.

"틀림없이 넌 우리 집 전화번호도 모를걸."

스티븐이 전화번호를 누르며 말했다.

평소보다 큰 이지 아줌마의 목소리가 들려왔다.

"스티븐, 너니?"

스티븐은 전화기를 네게 건네고는 전화 부스 밖으로 나가 발을 굴리며 바깥에 서 있었다.

"아줌마, 저예요. 제가 집에 갈 수 있을까요?"

열네 번째 그림

크리스티나

아저씨는 이 그림을 액자에 넣어 핸콕에 있는 겨울 집, 프렌치 블루 색깔의 내 방 침대 위에 걸었다. 맞은편 벽에 큰 거울이 있어 아침에 눈을 뜨면 가장 먼저 볼 수 있는 것이 바로 이 그림과 조시 아줌마가 준 나무조각상이었다.

나무조각상에는 이지 아줌마가 내게 준 크리스털 목걸이가 걸려 있었다.

"홀리스, 이젠 너에게 너무 작을 거야."

아줌마는 해초 머리 위로 조심스럽게 목걸이를 걸며 그렇게 말했다.

"내가 여섯 살 때 생일 선물로 받은 거야. 항상 큰딸이 물려받기를 원했지."

나는 배낭 속에 든 W 그림과 이 그림을 맞춰 보려고 했지만 두 그림이 정확히 맞지는 않았다. 먼저, 이 그림의 배경에는 깃발이 있었다. 그날은 전몰장병 기념일이었다. 또 그날은 우리가 매년 여름을 보내는 브랜치스 집의 문을 여는 날이기도 했다. 이른 아침 우리는 현관 계단 앞에 서 있었다. 한줄기 햇빛이 우리 앞에 흐르는 강물 위로 쏟아졌다.

그리고 그림에는 네 명이 아닌 다섯 명이 있었다. 아저씨는 조금 험악한 표정을 짓고 있었다. 스티븐이 그의 방 창문을 열어 놓아서 겨울 내내 눈이 쏟아져 들어와 벽은 엉망이 되었고 나무 바닥 일부는 휘어져 있는 것을 막 발견했기 때문이었다.

스티븐은 심각하게 보이려고 애쓰고 있었지만, 그의 눈에 어린 웃음기를 볼 수 있었다.

“홀리가 전부 새로 칠할 거예요. 프렌치 블루로 칠할 거예요. 그 색이 홀리가 가장 좋아하는 색이에요.”

스티븐은 아저씨를 자극하며 그렇게 말했다.

그들은 여전히 다투었고 가끔은 너무 시끄러워서 나는 손으로 귀를 틀어막아야 했다. 그들은 그런 나를 볼 때면 웃음을 터트렸다.

“전부 홀리 잘못이에요.”

스티븐이 그렇게 말하면 아저씨는 몸을 굽혀 내 어깨를 톡톡 두드려 주었다.

그림의 중앙에 서 있는 이지 아줌마는 아저씨보다 약간 컸다. 아줌마는 내가 좋아하는 헐렁한 파란색 셔츠를 입고 있었다.

"행복하니?"

그날 늦게 우리들의 모습을 그리고 있던 내게 아줌마가 물었다.

"행복하렴, 홀리스. 왜냐하면 내가 그러니까. 난 지금처럼 행복한 적이 없어."

나는 대답하지 않았다. 그 대신 우리 두 사람의 얼굴에 미소를 그려 넣었다. 그림의 네 번째에 있는 나는 웃고 있긴 했지만 조시 아줌마를, 조시 아줌마와 이곳으로 도망쳐 온 것을 생각했다. 그 일이 있고 일 년하고도 반년이 더 지났다. 만약 내가 그렇게 하지 않았다면 이 그림을 그릴 수도, 가질 수도 없었을 것이다. 아직도 나는 도망치고 있었을 것이다.

우리는 매달 조시 아줌마가 있는 롱아일랜드로 가 헨리, 펠리컨, 그리고 여전히 나무조각상들과 함께 있는 그녀를 보았다. 그동안 베아트리스는 분주히 움직여 우리 모두를 위해 차를 준비해 주었다.

조시 아줌마는 이제 더 이상 내가 누구인지 정확히 기억하지 못했다. 그러나 나를 사랑한다는 것을 나는 알고 있었다. 아줌마는 항상 손을 뻗어 내 뺨을 만졌다. 가끔 베일이 달린 아줌마의 갈색 모자를 쓰면 아줌마의 눈에서 나를 알아보는 기색을 확인할 수 있었다.

"홀리스, 네가 내 생명을 구했지."

아줌마는 자신이 왜 그런 말을 하는지 이유도 모르면서 그런 말을 했고, 그럴 때면 나는 항상 아줌마에게 그 반대라고 말해 주었다.

그리고 헨리? 나이를 많이 먹었지만 여전히 기운이 넘쳤다.

"저 고양이는 너만큼 거칠어."

스티븐은 내게 그렇게 말했다.

헨리는 나를 바라보고, 커다랗게 하품을 하며 눈을 찡그릴 때면 마치 내게 윙크를 하는 듯 했다. 헨리와 나는 서로 마음이 통하는 것 같았다.

나는 리건이라는 새로운 성을 가지게 되었다. 나는 리건이란 이름으로 불릴 때 기분이 좋았다. 그렇다고 산더미같이 많은 문제를 가진 홀리스 우즈를 잊지 않았다. 그래서 내 그림에 사인을 할 때 나는 '홀리스 우즈 리건'이라고 썼다. 세 개의 이름은 모두 내 것이었다. 에미와 겨자녀도 그 생각을 마음에 들어 했다. 그들은 정기적으로 찾아와 마치 자신들이 내 인생 전체를 바꿔 놓은 사람들인 양 미소지으며 인사를 건넸다. 나는 아무 말도 하지 않았다. 그들은 내가 그들의 손을 떠나 정착한 것에 안도해 하고 있었다. 그렇다고 나는 그들을 비난하지는 않았다. 그리고 가끔은 나도 그들에게 웃음으로 화답했다.

이 그림이 첫 번째 그림인 W 그림과 정확히 맞지 않는 이유는 따로 있었다. 그 이유는 내가 태어난 지 6주가 지난 여동생 크리스티나를 품에 안고 있기 때문이었다.

그림 속의 크리스티나는 조용했다. 엄지손가락을 빨며 만족스러운 표정을 짓고 있었다. 그러나 크리스티나가 항상 그런 것은 아니었다. 크리스티나가 한번 울음을 터트리면 나는 어디에 있든 그 애에게 달려가 유모차 앞에 서서 달랬다. 그러면 이지 아줌마는 항상 두 팔로 나를 감싸며 말했다.

"네가 우리에게 행운을 가져왔어."

그래서 이제 우리는 다섯 명이 되었다. 엄마, 아빠, 오빠, 여동생 둘.

한 가족이 되었다.

단지 사랑받고 싶을 뿐……

태어날 때부터 부모에게 버려진 홀리스 우즈는 버림을 받는 것에 익숙한 아이입니다. 홀리스 우즈란 이름도 버려진 곳의 지명을 따서 지은 것입니다. 여러 위탁 가정을 전전하면서 단 한 번도 아빠, 엄마를 불러 본 적도 들어 본 적도 없는 애처로운 홀리스는 행복한 집 또한 가져 본 적이 없었습니다. 불우한 환경에서 자라는 동안 홀리스는 점점 마음에 빗장을 단단히 걸어 닫고 다른 사람들과 소통하지 않은 채 홀로 지내는 내성적인 아이가 되어 버렸습니다. 홀리스에게 자신의 마음을, 소망을 표현하는 유일한 방법은 그림을 그리는 것이었지요.

홀리스가 다른 사람들과 소통하지 않고 홀로 그림을 그리는 동안 많은 위탁 가정의 사람들은 홀리스를 그저 거칠고 버릇없는 사고뭉치로만 생각하고 바라봅니다. 어쩌면 그건 사람들이 홀리스의 겉모습만 보고서 편견을 갖고 오해를 했기 때문인지도 모릅니다. 그러는 사이 홀리스의 상처는 점점 더 깊어만 간 것이겠지요.

사실 겉으로 보이는 모습만 그러할 뿐, 홀리스는 따뜻하고 진지하며 예술가적 재능이 넘치는 아이입니다. 이런 홀리스가 바라는 것은 오직 가족이라는 울타리를 갖는 것, 그래서 더 이상 버림을 받지 않는 것뿐이었지요. 위탁 가정에서 언제나 도망을 쳤던 것도 알고 보면 버림을 받기 전 자신이 먼저 그 집을 떠남으로써 상처를 줄이려는 나름의 방법이었는지도 모릅니다.

두 번의 뉴베리 상을 비롯해 많은 수상 경력을 가진 작가는 태어나면서부터, 그리고 자라는 동안에도 끊임없이 버림을 받았던 아이가 느끼는 절망과 외로움을 『홀리스 우즈의 그림들』을 통해 매우 섬세하게 그려 내고 있습니다. 상처받는 자신의 모습을 들키고 싶지 않은 홀리스는 거친 모습에 자신을 꼭꼭 숨깁니다. 정작 사랑받게 되었을 때 온전히 그 사랑을 받아들이지 못하는 홀리스의 모습이 책을 읽는 내내 안타깝게 다가왔습니다.

홀리스 우즈라는 아이를 아무런 편견 없이 봐주고, 아이가 느꼈을 아픔을 이해해 주고, 뛰어난 재능을 알아봐 준 사람들은 바로 리건 가족과 조시 아줌마였습니다. 그러나 홀리스는 가족이라는 울타리를 막연히 동경할 뿐 가족이 무엇인지, 어떻게 사랑을 주고받는지 모릅니다. 사람들의 오해와 편견 속에서 어느새 홀리스 자신도 자신을 가치 있는 사람으로 생각하지 못하게 된 것입니다. 그래서 리건 가족으로부터 도망을 치고 맙니다. 언제나 그랬던 것처럼 자신은 그들에게 도움이 되지 않는다고, 갈등만 불러올 뿐이라고 생각하니까요. 그러다 홀리스는 예술에 대한 열정을 공유한 조시 아줌마에게 점차 마음을 열고 가족의 의미를 배워 가지만, 안타깝게도 치매에 걸린 아줌마의 증상은 점점 악화되어 갑니다.

홀리스의 선택을 끝까지 지켜보며 함께 가슴을 졸이고 함께 아파하게 했던 이 작품은 저에게 많은 것을 반성하고 생각하게 했습니다. 내가 누군가를 편견과 오해가 가득한 눈으로 바라보지는 않았는지, 그 사람의 긍정적인 면을 외면하지는 않았는지 반성했습니다. 그리고 세상 사람 모두가 내게 등을 돌려도 나를 가치 있는 존재, 사랑받는 존재로 남게 해 주는 가족의 소중함도 다시 한 번 생각하게 되었지요.

결국 자신이 버림받은 존재가 아니라, 가치 있고 사랑받는 존재임을 깨닫게 된 홀리스 우즈의 삶은 앞으로 내내 행복하겠지요?

– **원지인**(옮긴이)

〈뉴베리 상〉 수상작, 함께 읽어 보세요!

내가 사랑한 야곱 캐서린 패터슨
니임의 비밀 로버트 오브라이언
병 속의 바다 케빈 헹크스
잔혹한 통과의례 제리 스피넬리
방랑자호 샤론 크리치
퀴즈 왕들의 비밀 E. L. 코닉스버그
희망을 찾는 아이, 러키 수전 페이트런
홀리스 우즈의 그림들 패트리샤 레일리 기프

패트리샤 레일리 기프 Patricia Reilly Giff

1935년 미국 브루클린에서 태어났으며, 메리마운트 대학교와 세인트 존스 대학교에서 공부했다. 1998년 『릴리 이야기』와 2003년 『홀리스 우즈의 그림들』로 두 번이나 '뉴베리 상'을 수상했으며, 『릴리 이야기』로 '보스턴 글로브 혼 북 상'을 수상하기도 했다. 지은 책으로 『릴리 이야기』, 『노리 라이언의 노래』, 『해적 여왕의 선물』, 『왕재수 없는 날』, 『홀리스 우즈의 그림들』 등이 있다.

원지인

홍익대학교에서 영어영문학을 공부한 뒤, 오랫동안 아동청소년도서를 기획하고 편집하는 일을 했다. 현재 아동청소년문학 전문 번역가로 활동하고 있으며, 옮긴 책으로 『비밀의 화원』, 『정글 북』, 『키다리 아저씨』, 『소공자』, 『피터 팬』, 『미스 히코리와 친구들』, 『홀리스 우즈의 그림들』 등이 있다.

청소년문학 보물창고는

세계 각국에서 권위 있는 청소년문학상을 수상하고
필독도서로 선정되어 널리 읽히고 있는 작품들만 엄선한
청소년을 위한 본격 문학 시리즈입니다.
뉴베리 상 수상작 『내가 사랑한 야곱』을 비롯하여
카네기 상·휘트브레드 상·호주청소년도서상 등을 수상하며
뛰어난 문학성을 인정받은 작품들과
인류의 양심을 고발한 『핵 폭발 뒤 최후의 아이들』을 비롯한
여러 화제작들을 함께 만나 보세요!

1. 내가 사랑한 야곱 캐서린 패터슨 글 | 황윤영 옮김

성경 속 '야곱'이 아닌 신과 인간 모두에게서 소외받은 '에서'의 삶에 초점을 맞춘 성장소설이다. 인간의 행복은 자신의 존재를 얼마나 귀하게 여기느냐에 달려 있다는 메시지를 전한다.

• 우리는 세상의 무대에서 주연이라기보다는 조연에 가깝다. 미국의 권위 있는 아동문학상인 '뉴베리 상'을 수상한 이 책은 언제나 이야기의 중심인물로 등장하는 '야곱'이 아닌, 신과 인간에게서 소외받은 '에서'의 삶에 초점을 맞춘 소설이다. -〈국제신문〉

★〈뉴베리 상〉 수상작 ★책따세 추천도서 ★어린이도서연구회 청소년 권장도서

2. 핵 폭발 뒤 최후의 아이들 구드룬 파우제방 글 | 함미라 옮김

핵폭탄이 터진 뒤에 살아남은 아이들의 고통스러운 뒷이야기를 그린 소설이다. 세계 유수의 평론가들로부터 '인류의 양심을 뒤흔들어 깨우는 이야기'라는 찬사를 받았다.

• 독일의 한 도시에서 피어 오른 섬광과 버섯구름. 그 순간 많은 이들이 죽고 사라지지만 진정한 최후는 간신히 살아남은 자들에게 더욱 참혹하게 찾아온다. 자초한 재앙에 처참하게 스러져 가는 인류의 모습을 냉정하게 그려 냈다. -〈국제신문〉

★문화체육관광부 우수교양도서 ★대한출판문화협회 선정 올해의 청소년도서

3. 미용 학교에 간 하느님 신시아 라일런트 글 | 신형건 옮김

기발한 상상력과 섬세한 문체로 사랑받고 있는 신시아 라일런트 작품의 결정판. 호기심 많고 순수한 하느님의 모습을 통해 세상에 사랑이 넘치고 있음을 깨닫게 된다.

• '뉴베리 상'과 '칼데콧 상'을 수상한 작가의 작품으로, 어떻게 하면 파마를 잘할 수 있는지 고민하던 하느님이 미용학교 수강생이 되는 내용을 담았다. 평소에는 상상할 수 없었던, 그럼에도 친숙한 하느님의 모습이 진실 되게 그려졌다. -〈독서신문〉

★〈혼북 매거진〉 팡파르 선정도서 ★네이버 북리펀드 선정도서

4. 말해 봐 로리 할츠 앤더슨 글 | 고수미 옮김

청소년들의 성 접촉을 제재로 한 성장소설로, 섬세한 심리 묘사와 물 흐르듯 자연스러운 이야기 전개 속에 주인공이 말문을 닫게 된 이유가 기묘하게 숨겨져 있다.

• 미국에서 지금까지 '성폭력'이라는 민감한 사회적 이슈를 다룬 작품들 가운데 가장 성공한 작품으로 꼽히는 성장소설로, 미국에서 가장 권위 있는 청소년문학상인 '프린츠 상'을 받았다. 성폭력 피해자가 된 주인공이 현실에 용감하게 맞서며 마음의 상처를 극복하는 모습이 감동을 준다. -〈한겨레〉

★〈프린츠 상〉 수상작 ★국립어린이청소년도서관 사서 추천도서

5. 탠저린 에드워드 블루어 글 | 황윤영 옮김

자아에 눈떠 가는 폴 피셔라는 소년을 통해 '모든 것을 잘 볼 수 있고 잘 안다.'라고 큰소리치는 어른들이 미처 보지 못했거나 애써 외면했던 진실들을 정면으로 마주한다. 한

소년의 성장기이자, 어른들로 하여금 자신들이 나아가고 있는 삶의 가치와 방향에 대해 돌아보게 만드는 성찰서이다. 성장소설의 토대 위에 스포츠소설로써의 흥미로운 스토리를 가미하고, 추리소설의 장치와 기법을 더했다.

★〈혼북 매거진〉 팡파르 선정도서 ★경기도학교도서관사서협의회 추천도서 ★네이버 북리펀드 선정도서

6. 니임의 비밀 로버트 오브라이언 글 | 최지현 옮김

미국 국립정신건강연구소인 '니임(NIMH)'의 실험실에서 인간들의 무분별한 실험으로 높은 지능을 얻게 된 실험용 쥐들이 탈출하여 인간 사회로부터 독립하는 과정을 흥미진진하게 다루고 있다.

• 지능 향상과 노화 방지 연구용 '슈퍼쥐'들이 실험실을 탈출해 그들만의 문명세계를 열어 간다는 충격적인 소설! 과학 윤리와 문명의 미래를 생각하게 한다. -〈한국일보〉

★〈뉴베리 상〉 수상작 ★〈루이스 캐럴 상〉 수상작 ★한우리독서토론논술 권장도서

7. 교환학생 샤론 크리치 글 | 최지현 옮김

자신의 의지와는 상관없이 '납치를 당하듯' 낯선 나라의 낯선 학교에 다니게 된 주인공이 새로운 환경을 받아들이며 성숙한 자아로 성장하는 과정이 흥미롭게 펼쳐진다.

• 미국의 아동문학상인 '뉴베리 상'을 두 차례나 받는 등 영미 아동청소년문학에서 확고한 이름을 지닌 작가 샤론 크리치의 청소년 성장소설. 이모 부부에게 납치당하듯 스위스의 교환학생으로 전학을 가면서 낯선 인생 속으로 던져진 주인공 디니는 '낯선 사람, 낯선 언어, 낯선 문화'에 적응하기를 거부한다. -〈한겨레〉

★〈뉴베리 상〉, 〈카네기 상〉 수상작가

8. 마르셀로의 특별한 세계 프란시스코 X. 스토크 글 | 고수미 옮김

아스퍼거 증후군을 겪고 있는 열일곱 살 소년 마르셀로가 내면에 간직하고 있던 특별한 세계에서 나와 현실에 적응하는 과정을 담은 성장소설.

• 주인공 마르셀로는 아스퍼거 증후군이라는 인지 장애를 앓고 있다. 작가는 사회 복귀 훈련 시설에서 인지 발달 장애를 지닌 사람들과 함께 생활한 경험을 바탕으로 마르셀로의 심리를 구체적이고 치밀하게 묘사했다. -〈뉴시스〉

★〈혼북 매거진〉 팡파르 선정도서 ★책따세 추천도서 ★학교도서관저널 추천도서

9. 내 이름은 라크슈미입니다 패트리샤 맥코믹 글 | 최지현 옮김

네팔과 인도에서 성 노예로 팔려 가는 소녀들의 비참한 현실을 그린 작품. 홍등가에서 구출되는 과정과 매음굴의 풍경을 열세 살 소녀의 감수성으로 내밀하게 묘사한다.

• 미국의 저널리스트 소설가 패트리샤 맥코믹이 직접 매음굴 탈출에 성공한 소녀들을 만나고, 그들을 도운 봉사자들을 인터뷰하고 현장을 조사함으로써 사실과 매우 근접하게 그려 낸 문제작이다. -〈한겨레〉

★〈구스타브 하이네만 평화상〉 수상작 ★〈내셔널 북 어워드〉 최종 후보작

10. 젤리코 로드 멜리나 마체타 글 | 황윤영 옮김

호주의 한적한 시골길 젤리코 로드를 배경으로, 그곳에서 버려지고 또 구원받았던 소녀 테일러가 환상적이고 기묘한 모험에 말려드는 이야기를 그렸다.

• 미국의 청소년문학상인 '프린츠 상'과 호주의 '청소년도서상'을 수상한 호주 작가 멜리나 마체타의 성장소설. 열입곱 살 소녀 테일러가 과거 가족을 잃은 '젤리코 로드'에서 다시 겪게 되는 사건을 통해 삶과 죽음, 사랑과 이별에 대해 얘기한다. -〈연합뉴스〉

★〈프린츠 상〉 수상작 ★〈호주청소년도서상〉 수상작

11. 문제아 제리 스피넬리 글 | 최지현 옮김

너무 일찍 등교하고, 너무 많이 웃고, 뭐든지 자기가 하겠다고 나서는 바람에 문제아로 찍힌 징코프를 통해 우리가 잊고 있었던 진정한 가치들을 다시금 떠올리게 한다.

• 엉뚱하지만 유쾌한 아이 징코프가 점점 문제아로 부각되다가 급기야 사람들의 관심 밖으로 밀려나는 과정을 경쾌하게 그렸다. 이 작품은 공감과 유머, 존중, 배려 등의 덕목을 잊어버린 현대인들이 오해와 편견에 사로잡혀 스스로 문제아를 만들어 내는 것은 아닌지 돌아보게 한다. -〈연합뉴스〉

★문화체육관광부 우수교양도서 ★어린이도서연구회 청소년 권장도서

12. 병 속의 바다 케빈 헹크스 글 | 임문성 옮김

방학을 맞아 할머니 집으로 휴가를 떠나려는 열두 살 소녀에게 교통사고로 세상을 떠난 친구의 일기가 전해진다. 사춘기 소녀의 정신적 성장과 내면 갈등이 섬세하고 절절하게 펼쳐진다.

• 주인공 마사에게 죽은 친구 올리브의 일기가 전해지면서 이야기가 시작된다. 올리브에 대한 생각을 떨쳐 내지 못하는 마사는 할머니네 집에서 첫사랑과 배신의 감정을 겪는다. 사춘기 소녀의 성장기이자 가족의 의미를 생각해 보게 하는 책이다. -〈어린이동아〉

★〈뉴베리 상〉 수상작 ★〈혼북 매거진〉 팡파르 선정도서 ★미국도서관협회 선정 최우수 청소년도서

13. 그 여름의 끝 로이스 로리 글 | 고수미 옮김

열세 살 소녀 메그가 언니의 죽음을 받아들이며 겪는 성장통을 통해 미래를 염려하기보다는 직접 부딪히고 포기하지 않는 법을 깨닫게 된다.

• 주인공 메그는 열세 살 여름에 언니 몰리의 죽음을 겪게 된다. 언니는 많이 아프긴 했지만 단지 코피를 많이 흘릴 뿐이어서 메그는 언니가 곧 건강해지리라 기대했다. 하지만 메그의 기대와 달리 그 여름의 끝에서 기다린 것은 언니의 죽음이었다. -〈세계일보〉

★〈혼북 매거진〉 선정 올해의 책 ★어린이도서연구회 청소년 권장도서 ★한국출판인회의 선정 이달의 책

14. 뚱보 생활 지침서 캐롤린 매클러 글 | 이순미 옮김

살과의 전쟁을 끝내기 위해 자신만의 지침서를 만들던 열다섯 살 소녀가 콤플렉스를 극복하고 자신의 삶을 존중하게 되는 여정을 섬세한 필치로 그려 냈다.

• 데이트 강간이라는 생각지도 못했던 사건으로 인해 벌어지는 가족과의 불화, 그리고 세상의 부조리한 시선을 깨려 하는 평범한 소녀의 이야기를 담은 성장소설이다. 푸짐한 몸매만큼 매력 넘치는 주인공을 따라 독자들이 본래 내 것이 아니었던 열등감을 벗어던지고, 자유로워질 수 있도록 인도하는 작품이다. –〈독서신문〉

★〈프린츠 상〉 수상작 ★미국도서관협회 선정 최고의 책 ★어린이도서연구회 청소년 권장도서

15. 루비 홀러 사론 크리치 글 | 이순미 옮김

입양과 파양을 반복하며 어른들을 믿지 않게 된 고아 남매가 루비 홀러에 사는 별난 노부부와 인연을 맺으며 마음의 문을 열고 진정한 가족으로 거듭나는 과정을 그렸다.

• 가난한 쌍둥이 남매와 함께 살게 된 별난 노부부 틸러와 세어리. 사람들이 모두 저마다 부족한 점을 지닌 불완전한 존재라는 걸 깨닫고 나서야 쌍둥이와 노부부는 서로를 보듬으며 진정한 가족이 되어 간다. –〈한겨레〉

★〈카네기 상〉 수상작 ★동화읽는가족 추천도서

16. 시간 밖으로 달리다 마거릿 피터슨 해딕스 글 | 최지현 옮김

한 세기 이상 시간차가 나는 다른 세상이 있다는 사실을 알게 된 제시의 모험기. '언제 어디에 있느냐'가 아닌 '어떤 모습의 나로 있느냐'가 중요하다는 메시지를 담고 있다.

• 우리가 22세기 사람들이 만들어 놓은 '21세기 역사 보호 구역'에서 태어나 그 세상이 진짜인 줄 알고 살고 있다면? 세상 밖에 다른 세상이 있다는 사실을 알게 된 제시는 사랑하는 가족들과 친구들을 살리기 위해 이곳을 탈출하려 한다. –〈독서신문〉

★미국도서관협회 추천도서 ★〈에드거 앨런 포 상〉 최종 후보작 ★국립어린이청소년도서관 사서 추천도서

17. 그때 프리드리히가 있었다 한스 페터 리히터 글 | 배정희 옮김

독일인 소년의 눈으로 광기의 역사를 낱낱이 증언하고 독일이 저지른 죄를 묻는 이야기. 아이들의 눈과 입은 가장 또렷하고 날카롭다는 사실을 일깨워 준다.

• 작가는 일체의 감정을 배제한 건조한 문체로 평범한 개인이 어떻게 사회 전체가 저지르는 범죄에 가담하게 되는지를 기술한다. 이 책이 감동적인 이유는 전쟁이 무엇인지, 히틀러가 누구인지 한마디도 나오지 않으면서 그 잔혹성을 고발하고 있다는 점이다. –〈매일신문〉

★한우리독서토론논술 권장도서 ★아침독서 청소년 추천도서 ★동화읽는가족 베스트리스트 1위 도서

18. 악마의 농구 코트 칼 듀커 글 | 황윤영 옮김

농구 선수가 꿈인 평범한 소년이 악마에게 영혼을 팔았다고 생각하면서 겪는 기이한 일들과 심경의 변화를 그렸다. 청소년기의 심리적 불안과 동요를 속도감 있게 풀어 나간다.

• 아이와 어른의 위태로운 경계를 농구라는 소재에 접목시켜 풀어낸 소설로, 완벽한 부모와 달리 농구 선수가 꿈인 평범한 소년 조가 희곡 『파우스투스 박사』에서처럼 자신도 악마에게 영혼을 팔았다고 생각하게 되면서 겪는 일들을 그리고 있다. –〈독서신문〉

★미국도서관협회 선정 최우수 청소년도서 ★학교도서관저널 추천도서

19. 죽은 개는 이제 그만! 고든 코먼 글 | 고수미 옮김

거짓말을 용납하지 않는 대쪽 같은 성품을 가졌지만 미식축구 실력은 형편없는 월러스가 연극반에 참여하면서 겪는 에피소드를 통해 정직과 우정의 참의미를 깨우쳐 준다.

• 미식축구와 연극반은 어울리지 않는 조합이지만 십대라는 공통점을 안고 같은 공간에서 같은 시대를 살아가는 청소년들의 진실한 고민과 끈끈한 우정, 풋풋한 사랑을 유쾌하게 그리고 있다. -〈국제신문〉

★학교도서관저널 추천도서 ★아침햇살 선정 좋은 청소년책

20. 그리핀 선생 죽이기 로이스 던칸 글 | 전하림 옮김

아이들에게 납치돼 죽을 위기에 처한 그리핀 선생님의 이야기를 담은 청소년 추리소설. 교사와 학생의 관계, 인간으로서 저지르지 말아야 할 행동과 반성의 의미를 되짚어 준다.

• 평소 깐깐한 성격으로 힘든 과제를 내주기 일쑤인 그리핀 선생님이 과제 점수를 잘 받지 못한 아이들에게 납치를 당하고 마는데……. 어디선가 괴물로 자라고 있을지도 모를 아이들이 귀를 기울이게 하는 작품이다. -〈독서신문〉

★학교도서관저널 선정 올해의 책 ★영화 〈나는 네가 지난 여름에 한 일을 알고 있다〉 원작 작가

21. 컷 패트리샤 맥코믹 글 | 전하림 옮김

섭식장애, 약물 중독, 자해 같은 문제를 가지고 있는 청소년들의 성장과 치유의 과정이 아름답게 펼쳐진다. 상처로 상처를 치유하고 '극단'을 통해 평범한 일상을 돌아보게 만든다.

• 열다섯 살 소녀 캘리가 상담실에서 첫 자해 장면을 떠올리는 것으로 이 소설은 시작된다. 따뜻한 시선으로 십대 후반 소녀들의 감성을 묘사하는 이야기와 캘리가 왜 자해를 하게 되었는지 추리해 가는 또 하나의 이야기가 얽혀 긴장과 감동을 더해 준다. -〈국제신문〉

★어린이도서연구회 청소년 권장도서

22. 두근두근 첫사랑 웬들린 밴 드라닌 글 | 김율희 옮김

죽자고 달려드는 괴짜 우등생 줄리와 살자고 도망가는 외모만 번듯한 소심남 브라이스의 좌충우돌 첫사랑 만들기가 달콤하면서도 아릿하게 그려진다.

• 줄리는 초등학교 2학년 때부터 브라이스에게 반해 6년째 그를 쫓아다니지만 브라이스는 줄리를 밀쳐내기에 급급하다. 두 주인공의 시점에서 번갈아 구성되는 줄거리는 어른이 읽어도 좋을 만큼 묘미가 있다. -〈한국일보〉

★〈주디 로페즈 기념상〉 수상작 ★〈스쿨라이브러리저널〉 선정 최우수 청소년도서

23. 나는 자유다 팜 뮤뇨스 라이언 글 | 민예령 옮김

서부 개척 시대를 당당하게 살아 낸, 미국의 첫 여성 투표자 샬롯의 실화를 바탕으로 한 성장소설이다. 자유를 얻기 위해 고군분투하는 샬롯의 삶이 속도감 있게 펼쳐진다.

• 샬롯 다키 파크허스트의 삶을 토대로 한 소설이다. 여성에게 자유가 주어지지 않던 시대, 남자의 모습으로 살아가기로 마음먹은 샬롯은 갖은 고생 끝에 훌륭한 마부가 된

다. 말굽을 박다가 한쪽 눈의 시력을 잃게 되지만, 최고의 마부로 성장하며 당대의 모든 약자들을 위해 여성 최초로 투표에 참여한다. -〈세계일보〉

★〈캘리포니아 영리더 메달〉 수상작 ★〈윌라 청소년문학상〉 수상작

24. 잔혹한 통과의례 제리 스피넬리 글 | 최지현 옮김

살아 숨 쉬는 진짜 비둘기를 지키기 위해, 폭력적이며 왜곡된 관습에 맞서기 위해 진정 용기 있는 청소년으로 성장하는 파머의 이야기가 눈길을 사로잡는다.

• 사람이라면 누구나 그 사회가 요구하는 '통과의례'를 거친다. 개성적이고 다양한 통과의례의 한 형태를 보여 주는 이 작품은 열 살이 된 남자라면 상처 입은 비둘기의 목을 비틀어야만 하는 전통을 가진 마을 이야기를 그린다. -〈독서신문〉

★〈뉴베리 상〉 수상작 ★〈스쿨라이브러리저널〉 선정 최고의 책 ★미국도서관협회 북리스트 선정도서

25. 달콤쌉싸름한 첫사랑 엘렌 위트링거 글 | 김율희 옮김

레즈비언 친구 마리솔에게 첫사랑을 느끼는 존을 통해 사랑과 치유를 이야기하는 성장소설이다. 성별, 성적 취향을 넘어 진실한 관계를 맺으며 성숙해 가는 이야기를 담았다.

• 여자에게 관심이 없던 존이 레즈비언인 마리솔을 만나면서 벌어지는 이야기를 그렸다. 부모의 이혼 후 학교와 가정에서 늘 혼자인 존이 어느 날 1인 잡지를 만든다는 공통점을 지닌 마리솔을 만난다. 마리솔은 어릴 적 입양돼 양부모 손에서 자라 내면의 상처를 지닌 소녀다. 둘은 서로 교감하며 상처를 보듬어 주지만 이루어질 수 없는 운명이다. -〈뉴시스〉

★〈프린츠 상〉 수상작 ★어린이도서연구회 청소년 권장도서

26. 길 위의 아이들 브록 콜 글 | 최지현 옮김

'캠프의 전통'이라는 묵인 아래 나체로 섬에 버려진 소년과 소녀가 함께 섬을 탈출해 새롭게 관계 맺는 방법을 익히며 세상으로 돌아오기까지의 여정을 그렸다.

• 주인공들의 여정을 그린 '로드 성장소설'이다. 다수의 가벼운 생각과 무관심이 이제 막 피어나는 여린 아이들의 마음에 어떠한 생채기를 남길 수 있는지 섬세한 터치로 그려 내고 있다. 동시에 제대로 상처를 입고 그것에 당당하게 맞섰을 때 더욱 강인해지고 깊어지는 아이들의 내면을 심도 있게 다루었다. -〈세계일보〉

★미국도서관협회 선정 최우수 청소년도서 ★경기도학교도서관사서협의회 추천도서

27. 그 소년은 열네 살이었다 로이스 로리 글 | 최지현 옮김

한 소녀의 인생을 송두리째 바꿔 놓은 지적 장애 소년과의 눈부신 우정을 담담한 어조로 이야기한다. 세월이 흘러도 결코 변하지 않는 인간의 가치가 감동적으로 느껴진다.

• 아동문학상인 '뉴베리 상'을 두 차례나 받은 작가 로이스 로리의 성장소설이다. 할머니가 된 캐시는 자신의 인생에 큰 영향을 끼친 어릴 적 친구인 정신지체 소년 제이콥을 회상한다. -〈연합뉴스〉

★어린이도서연구회 청소년 권장도서 ★아침독서 청소년 추천도서

28. 불을 먹는 남자 데이비드 알몬드 글 | 황윤영 옮김

1962년 '쿠바 미사일 위기' 사건을 배경으로 생명과 삶의 가치를 역설한다. 여전히 전쟁의 위험에 노출된 우리에게 강한 메시지를 전한다.

• 이 작품은 반(反)전쟁의 메시지를 목소리 높여 외치지 않는다. 다만 전쟁이란 그것과 전혀 관계없는 한 사람의 삶에 거대한 영향을 준다는 것을 조심스럽게 이야기한다. 가슴 깊이 잔잔한 울림을 주는 청소년소설이다. -〈조선일보〉

★〈휘트브레드 상〉 수상작 ★〈보스턴글로브 혼북 상〉 수상작 ★〈스마티즈 금상〉 수상작

29. 방랑자호 샤론 크리치 글 | 황윤영 옮김

한 소녀의 성장기이자 가족 드라마인 동시에 항해를 그린 모험 소설이다. 소피가 가족의 사랑과 자연의 장엄함으로 아픈 과거를 딛고 성장하는 과정은 커다란 울림을 선사한다.

• '뉴베리 상'과 '카네기 상'을 모두 수상한 작가 샤론 크리치의 성장소설이다. 섬세한 심리 묘사와 거대한 스케일의 박진감 넘치는 이야기가 돋보이는 작품으로, '진정한 가족이란 무엇인가?'를 다시 한 번 생각해 보게 한다. -〈독서신문〉

★〈뉴베리 상〉 수상작 ★어린이도서연구회 청소년 권장도서 ★학교도서관저널 선정 성장소설 50선

30. 내 마음의 애니 낸시 가든 글 | 이순미 옮김

미국 청소년문학계에 동성애라는 화두를 던져 화제가 되었던 작품이다. 리자와 애니의 고민과 사랑을 통해 독자들은 성적 소수자들을 따뜻한 시선으로 이해하게 된다.

• 1980년대 초, 동성애에 침묵으로 일관하던 미국 사회를 뒤흔들어 놓은 작품이다. 레즈비언 소녀의 성 정체성 문제를 정면으로 다루며 어떤 방식의 사랑이든 신뢰와 배려가 기반이 되어야 한다는 메시지를 담고 있다. -〈뉴시스〉

★미국도서관협회 선정 최고의 책 ★아침독서 청소년 추천도서 ★동화읽는가족 추천도서

31. 엘리노어 & 파크 레인보우 로웰 글 | 전하림 옮김

불우한 가정에서 자라며 뚱뚱하고 튀는 외모의 소녀와 한국계 혼혈로 스스로를 아웃사이더라고 칭하는 소년이 만나 만화와 음악이라는 공통 관심사로 깊은 교감을 나누는 이야기.

• 욕설이 난무하고 다분히 선정적이지만, 아주 재미있고 희망적이며 눈물을 쥐어짜게 만드는 사랑 이야기에 청소년과 성인 독자들 모두 사로잡히게 될 것이다. -〈커커스 리뷰〉

★〈보스턴글로브 혼북 상〉 수상작 ★〈아마존〉 2013년 최고의 책 ★〈뉴욕타임스〉 주목할 만한 올해의 책

32. 희망을 찾는 아이, 러키 수전 페이트런 글 | 황윤영 옮김

'내면의 강력한 힘'을 찾고 싶은 열두 살 소녀 러키와 아빠의 전 부인이자 보호자인 브리지트 아줌마가 서로의 소중함을 깨닫고 진정한 가족으로 거듭나는 이야기이다.

• 독특한 세계관과 삶과 행복에 대한 통찰이 돋보이는 작품이다. 다양한 주제들이 유머와 함께 어우러지면서 희망과 사랑의 메시지를 전하고 있다. -〈스쿨라이브러리저널〉

★〈뉴베리 상〉 수상작 ★미국도서관협회 선정 주목할 만한 책 ★〈커커스 리뷰〉 추천도서

＊〈청소년문학 보물창고〉 시리즈는 계속 나옵니다!